静けさに帰る

加島祥造　帯津良一

風雲舎

静けさに帰る

まえがき——
虚空から来たりて虚空へ帰る

帯津　良一

加島祥造さんのどの本だったか、読み終えた後、そこに書かれていた老子その人についてではなく、長野県の伊那谷に一人老子のごとく生きておられる加島さん自身にとても興味が湧きました。一度お会いしてみたいものだ、伊那谷に行ってみたいものだ、という強い思いが忽然《こつぜん》と起こってきました。

それまでの私と老子の関係はさほど深いものではなく、言ってみれば通り一遍《いっぺん》のものでした。ただ私の中に、あるがままに生き、あるがままに死ぬという想いが少しずつふくらんできていたことは確かです。だからこそ、計らいを捨て、タオの流れに身をまかせる加島さんの生き方に強く魅かれたのでしょう。

伊那谷に最初に加島さんを訪れたのは二〇〇五年七月のことでした。なにしろ相手は〝伊那谷の老子〟と呼ばれている人です。緊張はあります。最初の対談はいささかぎこちないものでした。そのぎこちなさの中で、翌日に予定していた、二回目の対談でじっくりうかがおうと思っていた最大の関心事が、唐突に口をついて出てしまいました。

「死についてどのようにお考えですか」

「変化だよ！」

間《かん》、髪《はつ》を入れずとはこのことです。よほど確信がなければこうはいきません。

タオの流れの中の一つの変化だと言うのです。

こちらも間、髪を入れず納得しました。私が日頃考えていることと一致したからです。

私たちの命は虚空から来たりて虚空へ帰る大いなる循環の中にあります。死といえどもその循環の一つの通過点にすぎない。しかし一つの通過点として片づけてしまうにはいささか重すぎる。死の瞬間に、肉体が潰《つい》えると同時に内なる生命場に爆発が起こり、その勢いに乗せられて、私たちは死後の世界に突入していくのではないか、というのが私の死に対する考えでした。

だから死は一つの通過点であると同時に、大いなる変化なのです。

私は大いに納得しました。そして私たちは連れ立って夕食前の散歩に出かけました。天竜川の土手の上をそぞろ歩きです。すると、どうでしょう。加島さんの歩く後ろ姿が誰かに似ているのです。誰だっけ？

あ、そうか、と思い当たったのは、なんとサン＝テグジュペリの「星の王子さま」でした。そうか、そうか、サン＝テグジュペリがアフリカの砂漠で会った「星の王子さま」は、実は老子だったのか。あり得ることだと思いました。

二度目は東京・池袋の居酒屋の二階でお会いしました。加島さんが絵の個展のために上京した機会をとらえての設定だったのですが、なんと加島さんはさすが老子です。今夜は対談の気分ではないとおっしゃるのです。対談ではなく漫談です。おかげで私もくつろいだ一夜を過ごすことができました。

三度目は再び伊那谷を訪れました。二〇〇六年の十一月のことです。前回訪れた夏の日に咲き乱れていた夕萓《ゆうすげ》の花はすでに終わっていましたが、深まった秋の暮色になつかしさを見ることができました。加島さんとお会いしない間も、老子はずっと私の傍《そば》にいてくれたようです。加島さんも私とおつき合いしてくれていたらしく、私の本が書斎にうず高く積まれていて、あちこちに付箋があります。

そして加島さんは、こう言いました。あなたの言うことにはほとんど同感するが、一つだけ賛同しかねるところがある。それは、生きるということはそもそも愁《かな》しい、というところだ。そこがちょっと違うような気がするんだなあ、と。

言わんとするところはよくわかります。だから私もあえて反論はしませんでした。ただ、私の言う生きる愁しみは、虚空からの旅人の愁しみです。「旅情」と言いなおしたほうがいいかもしれません。旅情とは旅先でのしみじみした想いです。かなしみ、さびしさ、よろこび、ときめきなど、さまざまな感情の入り混じった想いです。旅情は、確かに愁しみだけではありません。けれども、愁しみが大きな要素になっているような気がします。映画『旅情』(デヴィッド・リーン監督　キャサリン・ヘップバーン／ロッサノ・ブラッツィ主演)を思い出してください。見終わって覚えた胸にキュンとくるせつなさが今でも鮮やかに蘇ってきます。そうか、旅情か、ホームカミングだな、と英文学者の加島さんはさすがに素早い反応です。ちょっと違うよという疑問も、旅情の一言で速やかに氷解したようです。

人はなべて虚空に向かう、と書いたのは司馬遼太郎さんですが、人はみな旅情を胸に抱き、時にこれを溢れ出させながら虚空に向かって歩を進めているのではないでしょうか。

そして、これがすなわち私たちが生きていくこと、つまり養生だとすると、これからの養生はできるだけ計らいを捨て、タオあるいは命の流れに身をまかせて虚空へ向かうことのような気がします。玄米菜食も気功も、時と場合によっては計らいです。

だから私は、タオの流れに身をまかせ、あるがままに生きる加島さんに魅かれるのです。しかも加島さんは決して完成品ではありません。進化の真っ只中にあります。

心のときめきこそ治癒力の最大の要因であるということに話が及んだ時、ときめきの最たるものは女性だと加島さんは力説するのです。加島さんの心の底に煩悩を見たような気がしました。加島さんはまだまだ老子に成りきってはいないのです。

煩悩を一つ一つ剝ぎ落としながら老子に近づいていくのか、あるいは煩悩は煩悩として抱えながら老子に近づいていくのか。

私の伊那谷詣ではまだ終わりそうにありません。

静けさに帰る——

〈目次〉

III　大いなる循環

Ⅳ 共存して生きる

Ⅴ 命のエネルギーは衰えない

VI 静けさに帰る

カバー装幀——山口真理子

I 西洋から東洋へ

生命エネルギーとホメオパシー

帯津　はじめまして、帯津です。やっと加島さんにお目にかかれました。

加島　やあ、いらっしゃい。加島です。

帯津　素晴らしい山荘ですね。びっくりしました。

加島　最初はね、川向こうにある二間と台所と風呂だけの小さな家にいたんですが、二十年経つうちに敷地の真ん中に舗装道路が通されたり、家があちこちに建つ、自動車はうるさいということで十年前にこっちへ移ったんです。

帯津　あっちが南アルプスですか。

加島　そう。あの高い山が仙丈ケ岳です。

帯津　ほんとに自然そのままですね。

加島　僕が伊那谷へ来たのはなによりも周りに家のないところに住みたいと思ったからでね。だから小さな家で小ぢんまり暮らすつもりだったんだけど、周りの人にそそのかされたり、自分でも欲が出たりで、少しぜいたくしました。どうぞゆっくりしていってください。

帯津　ありがとうございます。
加島　僕は最近ちょっとホメオパシーに関心がありましてね。松本市に知り合いのホメオパス（ホメオパシーで治療に当たる医師）がいて——ちゃんと西洋医学を修めたドイツ人の女性医師なんですが——彼女からホメオパシーのことをあれこれ聞いているんです。それで帯津さんがいらっしゃるというんで、いろいろうかがおうと思っていたんですよ。
帯津　今、何か治療を受けられているのですか。
加島　手の怪我をした時に、その先生からレメディ（ホメオパシーの治療薬）を飲ませてもらいました。そのせいか、痛みがあまりなかったですよ。
帯津　それは効果があったのかもしれませんね。
加島　最初は、あんなふうにとてつもなく希釈した薬に効果があるなんて、どうしても信頼を持てなかったんですよ。
帯津　私は五、六年前に、ホメオパシーはホリスティックな医学（体の部分部分ではなく、人間の全体を診る医学）だということに突然気がついたのです。それからホメオパシーの勉強を始めて、今では患者さんにも使っていますけど、なかなかのものですね。花粉症なんかは百パーセントとはいかなくとも、あるところまで効果がありますから、かなり有効な手段だと思っています。

加島　近頃は精神と医療というものの接点が重視されてきているようですが、西洋医学のほうではホメオパシーを許容してきたのですか。

帯津　ちょっと入り乱れてきて、危なっかしい面もありますけど、医療の中で「西洋医学だけではないぞ」という気持ちの患者さんが増えてきていることは間違いないですね。私のところにもエビデンス（科学的な証明）に捉われない、オルターナティブな方法（代替療法の立場）を積極的にとる患者さんが集まってきていますから、私もやりやすいのです。

しかし一方で、大きな癌センターとか大学病院などは、やはりまだエビデンスに閉じこもって、オルターナティブな方法は認めないドクターが多いようですね。そのへんのせめぎ合いというか、軋轢《あつれき》というようなものがいろいろあるのですが、全体の流れとしては、エビデンスで捉えきれないもの、そういうものに対する関心が高まっていることは間違いありません。

加島　そういう機運は、日本よりも外国のほうが高まっているみたいだね。

帯津　外国のほうが常に先を行っていますね。

加島　西欧がエビデンスを超えた能力を受け入れ出した——それはやはり二十一世紀の面白い

ところでしょう。西欧でも以前は精霊などへの感受性はあったけれど、近代化とともにそういうスピリチュアリティをシャットアウトした。その揺り戻しが来ているのかな。

帯津　そうですね。この流れはエネルギー医学という方向に行くと思います。

加島　そのエネルギー医学のところを少し説明してください。

ホメオパシー　ドイツ人医師サミュエル・ハーネマン（一七五五〜一八四三）が体系づけた医療。「健康な人に投与するとある症状を引き起こす物質は、その症状を発現する病気を治療することができる」という原則にもとづいている。原材料の抽出物を途方もなく希釈・震盪《しんとう》させた「レメディ」と呼ばれる特殊な薬を使用する。

エネルギー医学へ

帯津　英語でいうとエナジー・メディスンというのでしょうか。そういう傾向が欧米でまた出てきているのです。

人間の体を、目に見える体と、それと一緒になった目に見えないエネルギー場というか、その複合した組織体と考えるのです。二十世紀の西洋医学が、体のほうを注目してしっかりした医学を作りましたが、今度は、エネルギー場にその焦点がスライドしていくということです。

そのエネルギー医学が今のホメオパシーであったり、中国医学の気功であったり、鍼灸であったりします。そういう領域がこれから脚光を浴びるというか、これまで以上に注目されてきているようですね。

加島　ホメオパシーもエネルギー医学のほうに入るの？

帯津　はい、入ります。病人とレメディの波動が合えば、いいほうに生命力が働くようになります。

加島　それを引き出すのはやはりレメディなんでしょう？　レメディがなければ、そういうことは起こらないわけでしょう？　レメディとエネルギーが合体するということですね。

帯津　そうです。エネルギーというのは、タオイストである加島さんのお得意のものでしょうが、加島さんのそれと私たちのホメオパシーという医療メソッドと、何かどこかで絡みそうですね。

加島　僕の勝手な考えなのですが、あらゆる生命体に流れているエネルギーというものは、科学的な、論理的な思考力よりもはるかに深い知力を持つと思うんです。それは人間の利口さでは量れない働きで、だから老子は、それを仮に「タオ」と名づけていますが、その働きというものが人間の命を生かそうとしている。だから人は、時にはその働きにまかせたらいい。それがどこかで停滞していたら、どうやってそれを呼び覚ますかというところで、今度は医薬なり、あるいは気なり、精神なりの役回りがあるのでしょう。しかしそのようなエネルギーが、あらゆるところに働いていることこそが、すべての根本にあるのだと思うのです。

実際、そこらにある一本の木が五百年も千年も生きるのは、どんな知恵からのことか、人間にはてんでわからないですよね。

自分の内側に耳を澄ませる

帯津　私はがんが専門ですから患者さんはほとんどががんの方なのですが、やはり時代とともに患者さんも少しずつ変化してくるのですね。この間も「近いうちに伊那谷へおじゃまするんだ」という気持ちで加島さんの本を読んでいたら、これまでにない患者さんが二人、同じ日にやって来たのです。

一人は二年間で四回手術を受けている。肺に転移して、肝臓に転移して、もう一カ所で計四回。二年間で四回の手術というのは大変です。それで彼女は「もう手術をしたくない」という思いでやって来た。それから、もう一人の方は、胃がんで胃を全部取ったばかりで、「再発したくない」ということでした。

面白いことに、二人とも、「私にあれこれ何かをしてくれ」というのではないのです。「時々、ここへ来させてくれればいい」

「薬も何もいらない。帯津先生にお会いするだけでいい」

と言うのです。そして、二人とも異口同音に「あるがままにやりたい」と言うので、これにはびっくりしました。人まかせではない、もっと何か根本的なところで「あるがままにやりたい」と言うのです。

今、加島さんがおっしゃったような、大いなる命が素直に流れるんじゃないかと思うのですね。こういう人が増えてくると、医療も面白いかなという気がしたのです。

加島 たんなる医者まかせとはちょっと違うわけですね。もっと深いところに響く声を聞くということですね。聞くというのはすごく大切なことだと思うのです。「あるがまま」といってもただたんに何もしないのではなく、自分の内側に耳を澄まして何かを聞き取ってね、その声に従うというのが、むしろ「あるがまま」の中に入ると思うのです。

帯津　自分の内側に耳を澄ませる……。

加島　いやあ、そうは言ってもたいてい聞こえないんですがね（笑）。というのも、われわれは年中、外からの音を聞いてばかりいるんでね。でも病気になると、内側の声を聞くチャンスが生まれる。内側の声が聞こえれば、ただ医者の言うなりになるのではなく、自分で自分の病状を理解したり、どうするべきかがわかったりするのでしょうね。

社会とは別に存在している自分

帯津　加島さんは六十代でこちらへいらしたのですか。

加島　移り住むようになったのは七十代でした。四十年ぐらい前に、ある人の案内で、たまたまこの川岸の向こうの大きな斜面のところに来たんですよ。そうしたらこの谷の景色が、僕の中にチカッと光ったんだ。なぜ伊那谷かと聞かれても、僕にはチカッと光ったとしか言えない。それでここに小屋を建てて、東京や横浜の大学で教えながら夏休みなんかに来ていた。それが始まりなんですよ。

帯津 下町の、神田の生まれだとおっしゃいましたね。

加島 東京の下町の、頭のくるくる回る人たちの中で育ったので、頭の回転は非常に速かったんですよ。「愚図」というのが最大の罵倒語でね。兄なんかに「愚図」と言われたら、僕にとって最大の侮辱だったですよ。

帯津 昔はそういう言葉を言いましたね。最近、あまり「愚図」と言わないですね。

加島 そうでしょう。最近はそういうことが罵倒語にならなくなったけど、一言「愚図」と言われただけで、もう人生、真っ暗でしたよ。

経済だけでなくマインドでも競争の激しい社会だった。愚図愚図していたら乗り遅れる、疎外される、仲間外れにされる――そういう意識が絶えずあった。それは都会の日本人のメンタリティの一つの大きな特徴だったと思います。農村ではどうだったのかなあ……。そういうふうに都会で育った人間がね、七十になってやっと少し愚図というものの尊さを知ったというわけです。

帯津 私はまだ、東京の下町に未練がありまして、なかなかそこまで行けない段階です。どうも、下町の蕎麦屋さんとか居酒屋さんが好きなのですね。

加島　ああいう人たちの気持ちのよさ、気風《きっぷ》のよさというものも、私はよく知っています。だけど、あそこでくるくる回っている限り、自分の声は聞こえないし、社会とは別に存在している自分が見えないですね。

いや、そんなことを言っても、僕だってまだ、やっとそういうことに気がついたっていうだけのことでね。僕の詩人仲間は七十代の初めぐらいで亡くなりましたが、みんな都会の中での活動で一生を終えました。自然の中での自己解放を経験した友人は少なかったように思います。

帯津　ご友人だった中野孝次さんは、そのあたりが少しわかりかけたのでしょうか。

加島　中野さんはそれに気づいて、世間のいろいろなデマンドから身を引き離し、自分をもう一回取り戻そうとしていたのですが、その寸前で病に倒れてしまいました。彼は、自分の墓を長野県の千曲川畔に作ったのですけど、ここと同じようなのんびりしたいいところです。もし彼が亡くなる十年前にそこへ小屋を作って、一年のうち半年でもそこで過ごしていたら、ずいぶん違ったかなという気がするんですけどね。彼ぐらい人気が出てくると、なかなか仕事の現場から抜けられないですからね。「俺はこの十年で五十冊本を書いた。今年で本を書くのをやめるよ」と僕にも漏らしていたのですけどね。あれはもう亡くなる年だったかな。本当に難しいものですね。

帯津　じゃあ、もう少し早くどこかにこもって、世間のことは放ったらかしにしていれば、もう少し別の中野先生が出てきました？

加島　いや、僕にはわからないけど（笑）。でも、そういうストレスが少なくなれば、病気というのはそうそう進行しないでしょ。

帯津　それはそうですね。惜しいことをしました。

中野孝次（一九二五〜二〇〇四）文学者。著作に『麦熟るる日に』『ブリューゲルへの旅』『清貧の思想』など。最晩年にがんが発見された時、加島氏経由で帯津氏に診断の依頼があったことで、中野氏と帯津氏の間にささやかな縁が生じた。

直観がひらめく時

帯津　私たちが作っているホメオパシーの学会で、毎年、秋のシンポジウムに私が講演するのですが、今年のテーマが、「エビデンスと直観」というのです。

加島　それはいいテーマですね。

帯津　直観というのは、やはり生きていく上で本当に大事だと思います。これは馬券を当てるような直感じゃなくて（笑）、もっと本質的なところですが。

私はいま病院で「養生塾」というのをやっていまして、そこにはがんの患者さんもいれば一般の人もいる。そこで話をするために本を調べていたら、アンリ・ベルクソンの『哲学的直観』という本にぶつかりました。ベルクソンは「私たちの内に宿っている命（ソウル）と、時空を超えて広がる虚空の大いなる命（スピリット）とがぶつかるところに直観が生まれる」と言うのです。あれは本当だなと思いました。直観こそ、生きていく上に大事なことなんじゃないかと。

老子の言う「タオの流れと自分の命がぶつかって、そこで、祝福の時、幸せの時が生まれる」ということを、加島さんはどこかに書いていらっしゃいますけど、それが直観なのじゃないかと思うのです。大いなるタオの流れと、自分の小さな命がどこかでぶつかって、響きあって、直観になるんじゃないかと。

加島　そうですね。直観を養う場はどういう場かというと、帯津さんが言う「いい場」なのですよ。では、いい場はどこにあるかというと、フリーダムの中だと思うのです。自由を感じられない場では直観は養われない。

自由というものはそう簡単に手に入らないし、お金で買えるようなものじゃないけど、直観が働く人というのは、どういう状況にあっても、どこかでセンス・オブ・フリーダムというか、インナー・フリーダム（内なる自由）を持っていて、そんな自由が、ふとした瞬間に直観を働かせるのですよ。

だから直観もね、人としゃべっている時は出てこないけど、夜中にふと目が覚めたり、好きなことに集中している時とか、他のものにとらわれずにいるそんな時に、ひらめく。頭が良くてエリートコースを歩いて、社会的地位や世間体など外側にばかり意識を向けている人には、どうもそういう働きが鈍いというところがあるように思いますね。

帯津　それはよくわかります。

アンリ・ベルクソン（一八五九〜一九四一）　フランスの哲学者。直観的把握をめざす哲学を唱えたことで知られる。主な著作に『創造的進化』『物質と記憶』、霊やテレパシーを論じた『精神のエネルギー』などがある。一九二七年にノーベル文学賞受賞。

健康をどう定義するか

帯津　フリーダムで思い出しましたが、ホメオパシーの世界で、いまや神様みたいに言われているジョージ・ヴィソルカスという人がおりまして、もう七十歳を少しこえてらっしゃいますけれど、私は一度、ギリシャまで行ってお会いしたんです。

その人が私に、「あなたは健康をどう定義しますか」と言うのですね。一瞬ぐっと詰まりました。これは難しい。そこで彼の定義を聞いたら、やはりフリーダムなのですよ。まず体の健康、これはフリーダム・フロム・ペイン（freedom from pain）、苦痛からの解放です。それから心の面では、フリーダム・フロム・パッション（freedom from passion）と言うのですね。

加島　パッション？（笑）その言葉はあまりうまく翻訳できないですね。

帯津　最後のスピリットのところは、フリーダム・フロム・エゴチズム（freedom from egotism）。自己中心主義からの解放。なかなかいいことを言うなと思って感心して聞いてきたのですが……。パッションのところはどう訳すのかなと思って。「情念」ですか。

加島　パッションという言葉は、人間のエモーションの一番高いところを指すと思うのですけど。もちろんその中にセックスや、ラブなりも含んでいるわけで。そこから自由になるなんていうのは、ちょっとね……。

フリーダム・フロム・オブセッション（強迫観念）というか、そういう雑念からフリーになるのならいいと思うんですね。オブセッションという言葉、よく言うじゃないですか。

帯津　日本人の通訳さんがいたのですがね、訳せなかったですね、ここは。

加島　訳せないね。僕もそれは訳せないよ。情欲からの自由というふうに言えば、仏陀的になっちゃうし、それを強調しすぎると、非人間的になっちゃいますよね。禅修行をする坊さんになっちゃったら、生きがい、ないものね（笑）。

しかしその考えは非常に面白いですね。

あなた方お医者さんにとっては、患者を病の恐怖からいかにフリーにするかが大きなテーマですよね。

帯津　そうですね。

加島　僕は、そんなに豪胆な人間じゃないから、病への恐怖はよくわかります。

帯津　先生はあまり先のことは不安に思わないほうですか。

加島　先のことは不安に思わないですね——性質や育ちから、のんきな楽天家のほうです。しかし「現在」の体の調子のことは、すぐ不安になりますね。それで医術に頼るんです。僕が西洋医学のおかげだと感謝しているのは、四十三歳の時に胃袋を半分取りまして、それからつい五年前に前立腺を取って、その二つの手術が僕の健康にはとても役に立った。西洋医学というのは、いらないものを取るのには実に大した役をしますねえ。この西洋医学の働きは、東洋医学ではなかった部分だと思いますよ。

帯津　悪いところを取ってもらって、その上で加島さんのように過ごしていけば、それが一番いいですね。ところが、やはり西洋医学は現象的なことだけを治そうとするから、病気が中へ中へと入っていっちゃう。それがヴィソルカスの言うことですよね。だから命のレベルから治していかないと駄目だと。逆に言えば、見えるところを治しておいて、あとはその人の力で奥へ入っていってもらう。そういうふうに仕組むのもいいと思うのですね。

ジョージ・ヴィソルカス　クラシカル・ホメオパシーの権威。ギリシャのアテネとアロニッソス島でホメオパシーの教育、人材の育成を行なっている。

直観が導く西洋と東洋の融合

加島　そういう意味でいったら、僕は、あなたが東洋医学と西洋医学を融合しようとしているのは、非常に素晴らしい仕事だと思っています。

僕もアメリカ文学やら西洋文学をさんざんやった上で東洋に興味を持ち、東洋の文芸と思想を勉強し始めたら、その融合の世界というものが自分の中にも生じているとわかったのです。そういう点では、あなたと同じ経路を歩いています。

帯津　私も西洋医学からスタートしたのですが、振り返ってみると、ずいぶん遠くに来てしまったという気がします。私はがんが専門で、西洋医学の方法でがんを切り取っていたのですが、自分では手術がうまくいったと思っていても、数年後に再発するというケースが多かった。これはどうもおかしい、何かが違うぞと、壁にぶつかりました。そこから中西医結合という中国医学と西洋医学の接点に答えを求めました。現在ではもう一つ飛躍して、ホリスティック医学、統合医学というものを目指しています。

加島　それはよくわかります——直観的に統合に向かうんですね。

帯津　そうですね。イギリスはホメオパシー・オンリーの資格があるんです。ちゃんと教育制度があって、西洋医学の医者でなくてもホメオパシーができる。ホメオパシーをやる人の中には西洋医学の思考過程が邪魔になると言う人さえいる。だけど私はいつもそうじゃないと言っている。今、加島さんがおっしゃったように、両方を統合していくというほうが、あるべき姿だと思うのですね。

加島　ホメオパシーを打ち立てたハーネマンも、もとは西洋医学の基礎をやったのでしょう？

帯津　もちろんそうです。ハーネマンはすごい天才だったそうですよね。八カ国語に通じていたといいます。ただ二百年前の西洋医学ですから、乱暴な瀉血《しゃけつ》とか、浣腸とかをやっていた時代です。

加島　まだあの頃はそうでしょう。でもハーネマンとか、ユングとか、西洋のものを極め尽くしたところで、どこか東洋的なものへ向かっている。そういうことが、十九世紀末から起こってきているようなのですよ。そこが西洋人の知性、いいところですね。これじゃあ違うとみたら、別のところへ果敢に進んでいく。その点、東洋のほうは西洋へ出て行っても、たんなる真似になっちゃっている。

帯津　今の中国医学がそうですね。中国でも西洋医学を吸収しようとして、結局、西洋医学にすり寄っている。すり寄るぐらいなら、いっそ無視して東洋医学の一番いい本質的なところをしっかりと確立していくほうが私はいいと思うのですがね。

加島　明治の頃の日本の医学と同じでしょう。

帯津　そうですね。

加島　帯津さんの困難もわかるなあ。というのは、僕自身、西洋文学をずっとやってきて、それから東洋の詩文や思想に入ってきた。そういう例は、僕の周りでは僕と中野孝次さんぐらいのものだもの……。

帯津　少数派ですね。

加島　誤解や偏見から見てますね、東洋をやることを。帯津さんの周りだって、きっと相当の無知や偏見が渦巻いているんじゃないかという気がします。

帯津　二十年やっていると、少しは理解してくださる方が増えてきてますけどね。最初は非難されるんじゃなくて、まったく理解してもらえない。さっぱりしたものでした。誰も何もわからない（笑）。大学医学部の中枢の人とか、医師会の中枢にいる人、みんな硬いですからね、変な目で見られますよ。でもまあ、それもしょうがないなあと思ってやっていますけど。

加島　僕も自分の経験から、そういうことを感じますよ。西洋の文学を専攻する人たちは、東洋の文芸思想を無視しますし、わかろうとしない。それが一般的ですね。でもね、専攻の人たち以外の、実感をもとにして生きる人たちはよく受け止めてくれる。そういう点では、帯津さんにも同じようなサポートがあるはずだと思うんですよね。

帯津　確かに世の中も変わってきました。アメリカにクリーブランド・クリニックという大きな病院があるんです。メイヨー・クリニックと並んでアメリカの医療の双璧《そうへき》をなす病院です。そこで働いている日本人の東大出のドクターがいて、その方は心臓の専門家で、私のやっているようなオルターナティブなことはまったく理解しないのですが、ただ、これから医学部に入る娘さんが、私のやっていることに興味を持ったのですね。

娘さんはアメリカで育っていますから、日本の私のことはどなたかから聞いたらしいのですけど、昨日、アメリカから見学に来て、一日かけて病院を見て行きました。ありがたいです。こういう理解してくれる人が出てくると。

その時の話で、クリーブランド・クリニックのような、アメリカの医学の総本山みたいなところで、統合医学、オルターナティブなものと一緒にやる、そういうセンターができました。アメリカで一、二を争う病院に、統合医学センターができたと彼女が言うのですね。まだまだ少数派だけど、こういう話を聞くと、これからは変わっていくなと心強く感じますね。

加島　日本のほうがはるかに遅れていますよ。そういう動きの意味でいったらね。

帯津　遅れています。

ただアメリカが動いたら、日本も必ず後について行きますからね。何年か経つと同じようになってくるので、そういう面ではありがたいですけどね。

加島　われわれが直観からやり始めた仕事というのは、だんだん広がっていくほうに向いてはいるのですよね。だから、面白いと思うの。徐々に徐々に、それこそ川が自然に幅広くなっていくような感じでね。

カール・グスタフ・ユング（一八七五〜一九六一）　スイスの精神科医・心理学者。深層心理学、宗教学、哲学など学際的研究で知られ、分析心理学を創始した。また東洋に強い関心を示し、中国の『易経』や日本の禅の紹介などもしている。

西洋から丹田呼吸法

帯津　加島さんの『肚——老子と私』（日本教文社）をいただいてびっくりしたのですが、実は私は、丹田呼吸法の会の会長をやっていたのです。白隠禅師《はくいんぜんじ》の流れを汲む丹田呼吸法を患者さんにも教えています。そうしたら、この本には「肚」って出ているから、「あれっ」と驚きました。太陽神経叢《ソーラープレクサス》のことなんかもお書きになっていましたし、この本はありがたいですよ。

加島　日本では、丹田呼吸法はもうずいぶん知られるようになりました。しかしこれは東洋人だけの特有のものか、西洋人はどんなふうに理解し始めているのか、というところからちょっと書いてみたくなった。藤田霊斎《れいさい》という方を知ってますか。

帯津　はい、私はその人の流れなのです。

加島　だから、あなたのような人たちがちゃんと把握しているから、僕なんか口を出す余地はないと思っていたのですけど。ただ、一つの経験として、西洋文学をやっていた人間がね、またこっちに帰ってきて、こういう見方を始めたという話をしてみたかったの。

帯津　いいですね。いや、ヨーロッパのほうではオイゲン・ヘリゲルが出ていましたし、もう一人……デュルクハイムですか。

加島　デュルクハイムという人、あなた知っていました？

帯津　いや、知りませんでした。

加島　僕もね、五年前に知った。不思議な人ですね。

帯津　先生にこういう本を書いていただくと、われわれの仲間もハッとして読みます。今まで西から東を見るということがなかったですからね。

加島　僕のホメオパシーの女医さんは、学生時代にドイツでデュルクハイムの講演を聞いたそうで、それで実際にそういう人がいたのだと納得できました。僕は、彼がどこに住んで何をしたかわからなかったんです。彼の著書の訳者は何の紹介も解説も書いていませんし、まったく不思議な人ですよ。向こうの貴族だという話ですけどね。

帯津　ロレンスと太陽神経叢のことは初めて知りました。

加島　D・H・ロレンスは、一種の天才的な直観力があってね。その直観はじかに僕たちに通じるものでした。現代小説と詩を書く人のくせに、ある時、急に太陽神経叢のことなどを言い始めてね。アメリカではヘンリー・ミラーも、ロレンスのそのような考え方の影響を相当受けるのですよ。ロレンスもミラーもセックス文学にされちゃっているから、日本では彼らの文学の底にある思想がきちんと評価されていませんけれど、向こうでは高い評価を持っています。日本も孔子の儒教的な硬いところから出て、もうちょっとオープンになれば面白くなるんですけどね。

白隠禅師（一六八五〜一七六八）臨済宗の僧。仰臥禅（寝禅）を唱え、丹田呼吸による健康法を広めたことで知られる。著作に『夜船閑話』などがある。

太陽神経叢（ソーラープレクサス）　人間の腹部――横隔膜の下、胃の後部――に集まっている自律神経の叢《そう》（かたまり）。脳からの指令を各臓器へ伝える役割を担っており、「腹にある脳」と言われる。

藤田霊斎（一八六八〜一九五七）心身の健康とスポーツ・武芸・芸道の上達を促す調和道丹田呼吸法の創始者。

オイゲン・ヘリゲル（一八八四〜一九五五）ドイツの哲学者。大正十三年から昭和四年まで東北大学で哲学を教えるかたわら弓道の修業をした。帰国後、日本文化の紹介につとめ、『弓と禅』などの著作がある。

カールフリート・デュルクハイム　一八九六年ドイツ・ミュンヘンの貴族の子として生まれる。哲学・

心理学を学び、一九三八年に文化外交官として来日。一九四〇年に再来日し、四七年まで滞在。帰国後、座禅と岡田式静坐法を応用した身体療法施設をドイツで開設した。著書に『肚——人間の重心』がある。加島氏はデュルクハイムについて「私たちは『肚』意識をわが国特有のものと思いこんできた。デュルクハイムは『肚』意識を人間一般にとって大切なものだとして、だからこそ綿密に考察してゆく」（『肚——老子と私』）と評した。

D・H・ロレンス（一八八五〜一九三〇）英国の詩人・小説家。代表作に『チャタレイ夫人の恋人』など。

ヘンリー・ミラー（一八九一〜一九八〇）アメリカの小説家。主な作品に『北回帰線』『薔薇色の十字架』（三部作）など。

命の場——体の中心にあるもの

加島　聞きたいんだけど、いったい命、生命力——生きようとする力——とは体の中心にあるんですか。人間のあらゆる行為、あらゆる思考、あらゆる感情はその命を保とうとする働きですよね。その「命を守るために動け」と命令する声が、われわれのどこから出てくるのか。すべての命令は頭脳から発せられると思われていますけど、しかし頭脳だって、生命防衛のための一器官にすぎない。

するといったい、頭も体も動かしているものは何か。それは医学の見方からいうと何でしょうか。

帯津　私も現場で患者さんの死とつき合ってよく考えるのですが、やはり、体の中には命の場のようなものがあって、そのエネルギーを命というのだろうというふうに考えるようになったのです。

その場というのを考えたのが、老子の「空間」ですね。加島さんがよく空っぽが大事だと書かれますが、私も手術などで体の中に空間を見て、あそこに何か大事なものがあるのではないかと思うようになりました。

空間には気や、電磁気も含めて、いろいろな物理的な量がありますから、これらが創っている生命場のエネルギーが命で——この命は、時空を超えて広がる命です——その一部が体の中へ来ているのだろうと。そうするとなんとなく、加島さんがおっしゃっているタオの流れと合ってくるような気がするのですけどね。

加島　うん、そうなんだ。そうとしか、考えられないですよね。あなたが生命場といい、僕がタオエナジーという。生命場でもタオエナジーでも何でもいいけど、ではそういったものにどうしてこんなに知恵があるか――それがわからない。たとえば植物が地面と太陽光線から栄養を吸って大きくなっていく。そういった知恵が一本の草の生命場でもあるわけ？知恵自身もエネルギーだと思うのだけど。

帯津　もしエネルギーの中に性質というのがあるとすれば、そういったものじゃないでしょうかね。激しいものとか静かなものとか、そのエネルギーの性質を感じてタオといい、スピリットといい、あるいはソウルとかゴッドとか、いろいろな言葉で表現しているんじゃないでしょうか。

加島　しかしそれらのエネルギーにどうしてこういう知恵があるのか、となるとわからないんだよ。だってあまりに不思議だもの。人間はとんでもなく精妙な機械ですよね。これをつくり上げるウィズダム（知恵）というのは、どこか彼方から来るタオ的な生命力だということは言えても、なぜ、どこからそういう知恵が生じたかがわからないんだ。

帯津　村上和雄さんという遺伝子をやっている先生ですが、その遺伝子の精妙さ、遺伝子の原本を書いたのは誰かということを、彼は「サムシング・グレート」が書いたと言っている（笑）。ま、これもタオですね、やはり。

加島　本当にそこは「サムシング・グレート」としか言いようがないですけどね。東洋では夕オとか気とか言ってそのまま受け入れている。たとえば太陽を拝むような気持ち――それでいいのかもしれないね。

村上和雄（一九三六～）筑波大名誉教授。遺伝子工学の世界的権威。『生命の暗号』『遺伝子は語る』『サムシング・グレート』など著書多数。

II 歳をとってわかってきたこと

「死」は大いなる循環の中の一変化

加島　――生きるというのは、意識ですか。

帯津　難しいですね。

加島　意識以前の働きですかね。

帯津　意識以前のような気もしますけどね。

加島　意識以前の働きが、われわれに意識をさせているわけですか。

帯津　そう思いたいですね（笑）。

加島　意識があるということは、何かが意識を持たせることでしょう？

帯津　それはそうですよね。

加島　禅が意識を捨てろというけれど、どうもまやかしだなといつも思っているんですよ。意識を捨てろなんていう考え方自体が意識ですよ。ただし、意識の下には大きな無意識の領域があると思う。それが人を動かしている力かもしれない。しかし、その無意識のエナジーや働きを自覚するのは意識でしょう。

だから、意識というものは人間の自我と一体化していて、非常に重大な、人間の中心を形づくるものだという西洋的な考え方も大変よくわかる。それを否定する気はないのです。どうもそこらへんが、まだ僕の西洋的なものと東洋的なものがぴたりとかみ合わないところですよ。我と真我、我と無我とか、そんなことをみんな言うけど、本当をいうとよくわからないですね。

帯津　まだきっちりしたものはないですね。人によって違いますものね。

加島　ユングは集合意識の働きを指摘して、それはそのとおりと思う。しかし彼自身は決して意識を捨てなかったですよね。意識を捨てろなんていう鈴木大拙が説いたような世界には行かなかった。

だけど一時、大拙がアメリカであんなに大きく取り上げられたというのは、そういう意識だけでは解決できない何かをアメリカ人は感じ始めたからだという気はしました。

帯津　実は私が加島さんにうかがいたい一番のことは、死の問題なのです。加島さんのお考え、あるいは老子の考え、そのへんをお尋ねしたいと思っていたのですが……。

加島　死ですか。僕はそんなに重大な問題じゃないと思っているの。あまり深刻に考えたことがない。変化の一つだというふうにしか考えないのですよ。

帯津　命は死後も持続すると？

加島　量子的な意味でいったら、命は消えっこないのだから。量子的なものは意識の中ではわからないだけです。しかし、私たちがわからないなんてことは些末《さまつ》なことでね。実際は、もっとでっかいものが働いて、僕らを量子化して、次のどこかへ運んでいくのだろうね。もうそれ以外にはあまり死については考えないのですよ。このことは『タオ自然学』（工作舎）などで指摘されているけれど、僕にはこれ以上説明できない。

帯津　そうですか、タオの流れの中の一変化ですか。

なるほど、それは私の中でも実感できます。

といいますのは、私はこう考えていたのです。

私という命、私というこの場のエネルギーは、タオ的に言えば、百五十億年前の虚空から地球にやってきて、それがこの世で仕事を終え、また虚空に帰ってゆく。死というのは、その大いなる循環の中の折り返し点、通過点にすぎない――そう思っていました。ですから加島さんが一つの変化に過ぎないと言われると、ああ、なるほどと合点がいきます。ピタリと合致します。

加島　度胸があってこういうことを言っているのではないですよ。仕方がないと思って言っている。これ以上考えたって仕方がないから。

それはね、こういうことを言いたいのです。

たとえば朝顔が芽を出して、美しい花を咲かせます。あんなに細い管から養分を上へ吸い上げて、美しい花を咲かせる――こんな知恵が、朝顔のどこにあるのだろうと思うのです。太陽の光と地面からのエネルギーを合成して、こんな細い管で吸い上げて、あんな花を咲かせる。結局、太陽の光と大地の土にあるエネルギーが生命力に転化するのですよね。だから逆に言うと、土の中の「何か」も命だし、太陽光の中にある「何か」も命だ。それがああいうふうに変化しているだけで、また時がくれば土の中へ消えてしまうけど、そういう循環というのは、とんでもない大きさと微妙さで行なわれている。僕らもその一循環の間にあるのですね。

人間だからそういうことを意識できるというのは、非常にグレートなことですね。でも同時にそれは、もっとでっかい知恵、その量子から物質までを作るものからすれば、たかが知れていますけれどもね。

鈴木大拙（一八七〇～一九六六）　仏教学者。『大乗仏教概論』などを英文で広く海外に広め、ユングなども親交があった。『鈴木大拙全集』全三十巻が刊行されている。
タオ自然学　フリッチョフ・カプラ（一九三九〜　理論物理学者）の著書。著者は現代の物理学を東洋の宗教や哲学、自然観と呼応させ、一九八〇年代のいわゆるニューサイエンスをリードした。『タオ自然学』では、タオイズムの陰と陽に、粒子の波動性と相補性を重ね合わせ、シヴァ神の踊る姿を素粒子のコズミックダンスであると論じた。

人生には「間」があったほうがいい

加島　帯津さんは、たくさんの方々の死を見ていて、死をどう思いますか。
帯津　やはり見ていて、どうももう一つ、世界があるという気はしますね。みんな、ホッとした、いい顔をして死んでいきますからね。これから出かけるのだろう……そんな気がします。
　あれを見ていますと、何十年間、われわれがこの世の生の中で、少しぐらい修行をしても、たいして違わないなという気がします。修行した人としない人に歴然たる差があるかといえば、まあ、そんなことはない……。だから、武術家とか、宗教家とか、立派な人の死に方と、そのあたりにいる熊さん八つぁんの死に方と、あまり違わないと思うのです。修行した人は、自分では努力した、修行したと思っているかもしれませんが、宇宙が誕生して以来の百五十億年の循環の中では、今生の努力なんていうのは、つかの間ですよね。

加島　それを聞くと、僕も非常に安心しますね（笑）。

帯津　こんな短い期間の修行では、差がつかないのだと思います。もちろん、「千里の道も一歩から」ですから、修行はしたほうがいいのかもしれません。日常的に患者さんに接する時には、修行するといい顔になるよと人相論なんかも言います。しかし百五十億年をかけてまた旅して行くのですから、死んでだいぶ経ってから、向こうで差がつくのじゃないかという気がしますね。死を悶々とするよりは、この大きな循環を心したほうがいい……そこらあたりをわきまえておくと、ずいぶん楽になると思います。

加島　うん、それは非常に面白いなあ。最近、アウェアネス（気づき）というか、現象に対する気づきがあるかどうかがポイントだと思っています。理屈や理論じゃなくて、「そういうものなのだ」という自覚、それがその人の中に生まれるか生まれないかが、一つのポイントのような気がするね。

「ああそうか、そういうものなのか」となると、タオとか何かもっと自分より大きなものへつながっていく。アウェアネスがなくて、理屈とか理論といった頭だけの理解である限りは、そこへのつながりがないでしょう。

修行というのは、朝から晩までやってないで、一日に二、三十分から、四、五十分やる程度のことが修行だと思うんだ。

帯津 がんの患者さんでも、張り切ってまなじりを決してやる人はあまりよくないですね。中国に郭林《かくりん》新気功という、がんの患者さんのために作った気功があるのですが、一日六時間やれというのです。六時間というのは健康な人だって厳しいですよ。患者さんは音《ね》を上げています。

私は「もっと遊び心を持ってやろう」と言っているのです。雨の日はちゃんと休むくらい余裕のある人のほうが、後々、うまくいっていますね。

加島 ライフそのものだってそうです。休むことを知っている人のほうが長続きしますよ。まっしぐらに飛んで行く人は先に行くけど、わりあい早くくたびれちゃう。ゆっくり後から行った人のほうが、結果的に長続きして先まで行くというのが、老子的な、タオ的な言い方です。それは、歳をとって、人生を俯瞰できるようになるとわかってくるんだけど、五十代ぐらいまではわからない。

だから「間《ま》」というものは人生にも芸術の上でもとても重要で、それは結局、「空《くう》」の話になってくるわけですが、実際の人生の中でも一息つくとか、間があったほうがいい。話だって、間がない話というのはなんだかセカセカしちゃって、相手の頭に入らなくなっちゃいますね。もっとも僕は元来はセカセカするほうでしてね。

帯津さんは、間がありました？

帯津　性格としてはありますね。

加島さんの『肚――老子と私』を読んで思い出したのですけれど、藤田霊斎先生の調和道丹田呼吸法に入門するまで、私は別の小さい流派の柔術をやっていたのです。その柔術というのは、鍼灸でいうツボを攻撃する武術でした。ツボに対して「瞬間刺激」を当てて、痛みを発して、相手が堪らなくなって倒れる、という非常に医学的な柔術なのです。ツボに手が触る時は、柔らかく触らないと駄目なのです。力が入ったのではいけない。柔らかく触っておいて、丹田の気を一気にそこへ持ってくる。これが難しいのです。

なんとかあるレベルに達したいと思っていろいろやっているうちに、こういう技は、固有の呼吸というか、間というものがあって、それを覚えないと駄目なんじゃないかと気がついて、それでこの丹田呼吸法に入門したのです。そうしたらやはり、間ということを強調している三木成夫先生という、東京藝大で教鞭をとっていた、東大の解剖学教室の先輩が、呼吸は、芸事、武術、みんな一息つくというところが難しいのだと言っていました。

加島　ほう。

帯津　それはどういうことかというと、われわれの祖先が海の中で暮らした魚の時代がありましたよね。それから陸地の生活に入る時に波打ち際で――エラ呼吸では海から出たら死んじゃいますから――肺ができるのを三百万年ぐらい待っていたというのです。

エラで呼吸をしている魚が、陸地がきれいに見えてそこへ行こうとするのだけど、呼吸ができなくなるからまた海へ帰るわけです。こういうことを繰り返しているうちに、肺がだんだんできてきた。肺ができて、呼吸筋が新たにできるわけですが、この呼吸筋は横紋筋です。体を動かす筋肉ももちろん横紋筋です。だからいまだに人間の体はうまく分業ができなくて、動いている時は呼吸しにくいということが起こってくるわけです。だから、間とか、一呼吸つくというのは大事なのだということを、三木成夫先生が書いているのです。なるほどと思いました。

この呼吸法を習い出したことは、私としては、非常によかったと思っています。

加島　どうして？

帯津　呼吸法はもともと、柔術が強くなるためにやっていたのです。それは自分のためで、患者さんのために何か役立てようという気持ちはありませんでした。呼吸法と気功は、それまで別々のものと考えていました。でも、北京で中国の気功を初めて見た時に、一目見て、すっとわかりました。「そうか、これは自分がやっていた呼吸法と同じじゃないか。これはがんの治療に使えるんだ」ということがわかって、帰ったらすぐにやろうと。現に北京では、がんの治療に使っていたのですから、中国医学の一番のエースはこれだと思ったのです。そこのところですね。あの時、呼吸法をやっていないで北京へ行っても、気功を見てもわからなかったかもしれませんね。

中西医結合を求めて北京に行ったのですが、最初は漢方薬とか鍼灸をイメージしていたわけですよ。秘薬があるんじゃないか、名人がいるんじゃないかと考えていたのですね。自分がそれまでに持っていた呼吸法のことなんか忘れてね。ですからこの気功を見て、それが呼吸法とつながった時に、あ、そうかと合点がいった。秘薬や名人探しではないのだ、コツコツとやる地味な世界だということがわかって、自分がやっていた呼吸法が、がんの治療の世界でこんなにやれるんだとわかって、それでパッと明るくなって、これでいこうと思ったのです。

加島　なるほどね。確かにセカセカ動いている時は、肺活量は少ないじゃないですか。静かにしていると、肺をもっと大きくふくらませて呼吸できる。静かにして、肺の呼吸を大きくして、酸素をより多く補給するというのは当然のことなのだな。でも気がつかないな。

帯津　芸事でも合いの手というか、拍子というか、そういうことを言うらしいですね。

加島　日本では「人生の呼吸を覚えた」とか言うでしょう。芸の呼吸とか、剣でも何でも呼吸をコツとして大事にする。あの呼吸とはたんに吸うことじゃなくて、吐くことで生じる間合いですね。

三木成夫（一九二五〜一九八七）　解剖学者・発生学者として東京医科歯科大学、東京藝術大学などで教鞭をとったが、思想家・自然哲学者としても知られる。人間が胎内で進化の過程を再現していることを指摘した。著書に『胎児の世界』『生命形態学序説』など。

楊名時先生の死

加島　そういうことは、忙しく動いている五十代までは、なかなかわからない。気がついてくるのは、座って呼吸することが必要になる年代からだね。その必然性に気づいて、「ああ、一息つこう」とか「まあ、一休みしてから」というような間合いを覚えるのは、ある年齢になって、自分を客観視できるようになってきた時ですね。

帯津　やはり、ある年齢にならないと駄目なのですね。加島さんのライブトークの原稿を拝見しましたが、昔の商人は五十歳を過ぎたらさっさと引退して、何か次の人生を考える——そういうカスタムがあったということをおっしゃっていました。

加島　あれにはね、ある意味で必然の理もあるんです。昔は早く結婚したから。五十歳になると息子が二十歳を過ぎますからね。子どもが大きくなって、そいつに早く商売を譲って覚えさせるということが一つとね、もう一つは、それこそ息が切れはじめてる。働き続ければ、人間、五十でだいたい息が切れますよ。僕は医学的なことはわからないからあなたに聞くしかないけれど、今は昔より少し余裕があるのかな。

帯津　そうですね。人生五十年と言った頃は、ちょうど五十年でくたびれたのじゃないですか(笑)。

だから「静中の動」は易《やさ》しいけど、「動中の静」は難しいという白隠の言葉——「動中の静」というのは、動中にそういう間を呼吸するほうが、はるかに難しいということですよね。確かに動いている時には、なかなか覚えられない。太極拳でもよく「動中の静」ということを言いますね。やはり、太極拳も動きがありますから、動きながら静を求めていくわけです。

加島 ところで加島さんは、太極拳の楊名時《ようめいじ》先生をご存じでしょうか。

帯津 あなたの本に書いてありましたね。

加島 実は楊名時先生は亡くなったのですよ、七月三日に。

帯津 何で亡くなったのですか？

六年ぐらい前に大病をしたのです。がんではないのですが、虫垂炎の手術の痕にヘルニアというのがありましてね。昔、抗生物質のない時代に虫垂炎の手術を受けて化膿していたのです。脱腸になって腸が飛び出して袋ができ、その中で腸が捻じれて壊死《えし》になった。都内の病院で緊急手術を受けたのですが、その後がなかなかすっきりしなくて、私の病院に入院し、最後の手術でお元気になったのですけれど、その際に、輸血をたくさんしたりいろいろなことがありました。それでどうも、肝臓を悪くしたような様子で、結局、私の病院で亡くなりました。

楊名時先生は、「死ぬ時は、帯津先生のところで死ぬ」ということをいつも言っていました。それから、「あまり、じたばたしない」とも。「死ぬ時はそれでもういい。生きられればもう少し生きたいけど、もし死ぬとなったらしょうがないから」「生きるも死ぬもあるがまま」といつも言っていました。

ですから、私はできるだけ彼の気持ちに沿うようにして、検査もあまりしないし、余計な、少しぐらいの延命効果をもたらすような、つらいこともやらないという主義で、彼の思うままにやってみたのです。それで三日に亡くなったのですけれどもね。

加島さんが『肚――老子と私』の中で訳していたヘッセの詩がありましたね。

「よろこんで朽ち果てて

万有の中に崩壊してゆく。――」

まさに、楊名時先生は、こういう感じだったですね。

加島　なるほどね。

帯津　本当につらそうにはしないし、愚痴も嘆きも、なしでした、悠々として。その点で私は満足しているのです。ご家族にしてみれば、もうちょっと生きてもらいたかったかもしれませんが、私自身はこれでよかったのじゃないかなと思っているのです。

加島　そうですか。その楊名時さんは「間」についてどんなことをおっしゃっていたのですか。

帯津　彼は言葉ではあまり言わないのですけれども、彼を見ているとそれがわかるし、感じるのです。呼吸についても「ゆっくり吐きなさい」と言うぐらいで、あまりどうこう言わないのですよね。言葉ではないですね。

亡くなる二年ほど前までは、しきりと何歳まで生きるとか、こういう死に方をしたいと言っていたのですが、それがある時からぷっつりと言わなくなりました。あれを境に、先生は何かが変わったようです。生きるも死ぬもあるがまま、と一変しました。

先生はほとんど、いわゆる世間話をしませんでした――テレビで話題になっているようなことを口にしないのです。関心がないというか、浮き世のことは一切超越しているふうでした。私などはまだこの娑婆に未練があって、刻々と変わっていく世間の動きに一喜一憂する部分があるので、先生の泰然自若ぶりには、ずいぶん胸をつかれることがありました。

先生から学んだ一つに、人の悪口を言わないというのがあります。先生がそうおっしゃったのではなく、先生に接することで、私がいわば勝手にそう学んだのですが、これも「間」かもしれません。

加島　ほう。いい師匠をお持ちでしたね。

帯津　加島さんはさきほど、年を経てわかってきたことがあると言われましたね。そのことで思い出すのは、実はもう一人、やはり中国の医師で辛育令《しんいくれい》先生という方のことです。私が六十歳、辛育令先生が七十五歳の時でした。

「帯津さん、最近、私は道で会うすべての人が、自分の分身に見えてきました。生きているのが楽しい」

というのです。だから――辛先生は十四階の部屋に住んでいるのですが――嬉しくてエレベーターなんかに乗っていられない、歩いて上り、歩いて降りるんだ。それは鍛えるためなんかじゃない、みんな分身だと思うと嬉しくて嬉しくて、だからそうしているんだと言うのです。それ以前は、手術をした人すべてが分身だと言っていたのですが、もう一歩進んで、すべての人が分身だというのです。これには驚きました。

辛育令先生と私の年齢は十五年の差です。私も十五年たって、この人と同じようになれるかなと思いました。よし、そうなるように生きてみよう。そう思った途端、これから先の十五年が実に輝いて見えたのです。新しい生きがいの誕生です。あれから九年たっていますが、こういうのは、ある日突然悟るんだろうなとのんびり構えています。そう思うと、この先、明るくなるのですね。目標が出てきたのですね。

加島　ははあ、それはいい話だね。

楊名時（一九一五〜二〇〇五）　中国山西省の武門の家に生まれ、武芸十八般を修める。官費留学生として京都大学に学び、後に日本健康太極拳協会（楊名時太極拳）を興し、健康太極拳の普及に努める。『心・息・動の訓え　楊名時健康太極拳の真髄』など著書・ＤＶＤ多数。

辛育令（一九二一〜）　肺がん手術の世界的権威。北京市立肺がん研究所副所長。中日友好医院の初代院長。

日常の社会生活のリズムから一歩外へ出る

加島　僕の場合、たまには休むということを覚えたのは六十五歳ぐらいで——東京の下町生まれというのはやはり、せっかちですからね——それまでは休むことなく、次から次へ動いていましたね。頭も体も両方とも。

この話は随筆に書いたのですけれど、ある日この向こう側の林の中を歩いていた時に、急に、足取りがのろくなっているのに気づいたんです。それでこう思った——両足の動くままにさせてみよう。足が勝手にゆっくりと動くままにしてみよう。一度ぐらい足の動きたいままにまかせて、自分の意志や目的意識を捨ててみようと思った。

するとき両足がえらくゆっくり動くんで、そのまま歩いていくと、今まで早足で歩いていた時には見えなかったものが見えはじめたし、急いで何かやっている時は聞こえなかったものが聞こえはじめて、全然違った世界にいるという気がしたのです。

普段は体ばかりか、頭も絶えず動かして暮らしています。しかし、その忙しいリズムから一歩離れてみると、そこに安息の場があるんですね。休息っていうのは、日常の社会生活のリズムから一歩外へ出ることですね。

帯津　今のお話を聞いていて思い出したのですが、毎年七月に、楊名時先生が太極拳の仲間に奈良で講演をするのが恒例なのです。楊名時先生は奈良ホテルが定宿で、なかなかシックなホテルです。私はいつも楊名時先生の隣の部屋に寝るのですけれど、別にあまり意識していなかったのです。奈良ホテルが良いホテルだっていうのはわかるのですけれど、それ以上のことはあまり知りませんでした。
この前、先生が亡くなられて、その偲ぶ会が奈良で行なわれて、私一人だからすぐ帰ると言ったのですが、主催者が、「そういわないで、奈良ホテルに泊まってくれ」と言うわけです。それで、一人で泊まったのです。そうしたらですね。ものすごくよくわかってきました。奈良ホテルの中の一つ一つの良さが克明にわかりましたね。今まで気がつかなかったものが非常に鮮やかに見えてきた。これからも、毎年来ようと思って帰って来たところなのです。

加島　それ以前は、楊名時さんのほうに気持ちが惹かれていたから、他のものが見えなかったわけですね。

帯津　そうですね。

加島　自分が楊名時さんに気を使っていたと気がつく――それこそ気がつくということなんだ(笑)。常に動いているマインドもね、ちょっと動きを休ませることができれば、活力を持ち直す。もしそれが自在にできれば、相当面白いなと思ったけれども、実際にはなかなかできない。マインドを休止させるということは難しいね。

マインドは止まらない

加島　人間のマインドは実にくるくる働いていてね、一刻の休みもないんだ。止めようとすること自体がまたマインドの動きですから——僕は失恋した時にそれを実感しましたね。

帯津　若い時ですか。

加島　いや、もう六十に近かった。それがかなり手痛い失恋でね、私はなんとかこれを忘れようと思って湯河原の温泉場に行った。どうにも気持ちが乱れて、たまらなくて、夜中の二時か三時に湯で体を温めながら座って、じっと三時間ぐらい自分のマインドの動きを見ていたかな。でも絶対止まらない。その女性のことはちょっと忘れるけど、とたんに他のことが頭に浮かぶ。次から次へとね。普段の人間のマインドというのは、実によく止まらないものだなと実感しましたよ。

帯津　われわれの気功もそうです。雑念が必ず入ります。私ももう二十年以上、毎日のようにやっていますが、雑念なしというのは一回もないですね。「ああ、今日は雑念がなかった」というのが雑念になっちゃう（笑）。「今日はうまくいった」と思っちゃうのですよね。だから、難しい。

患者さんは、病気のことからいろいろな不安で悩んでいますから、私はよく「気功をやっていて、あるニュートラルな範囲に心が入ってくると、終わってからも、それが少し余韻のように持続して、不安が減るのです」とは言うのですけどね、やはり、なかなかそんなふうにはいきませんね。

加島　いかないよ。そんなイージーなものじゃない。マインドというやつは大変しつこいものですよ。とくにわれわれみたいにマインドの訓練を受けちゃった者はなおさらね（笑）。ただね、マインドというものは絶えず動くものだとアウェアネスしただけでも違うと思うな。そういう気づきを持つようになると、マインドのくるくる動いているのを、ちょっと横から見られる余裕が出てきますよ。

帯津　そうですね。

加島　多くの人は、マインドが動いているということ自体、わかっていませんからね。僕も若い時はそうでした。

帯津　そうなんです。たとえば気功の世界というのは、心のレベルの高い人格者ばかりがいるのかというと、そうでもないのです。すごく悪くて、派閥争いの喧嘩ばかりしている（笑）。人間、なかなか簡単に心の問題は解決できないようですね。

加島　人格者とか勤勉家という人が、一番マインドいっぱいな人じゃないかな（笑）。年中、気を張って、世間から笑われないように振舞っている。気が休まるというのは、世間からドロップアウトした自分なんですものね。

タオの活力を中心に据える

帯津　私は五年ぐらい前に「二十一世紀養生塾」というのを始めました。太極拳をやって、私が養生に関するいろいろな講義をするわけです。加島さんの本の中にありますけれど、「自分自身の中にタオの活力を据える」という、まさにそういう人を少しでも作っていこうと思って。

ホリスティック医学というのは、治すということと、養生ということが渾然一体となっていて、人が施す治療と、自分がやっていく養生との境目があまりはっきりしないということに気がついたのです。理想の医学に向かって進んで行くのに、病院の中だけではあまりうまくいかないので、外へ出て養生することを広げながらやっていこうと思って作ったのです。

「タオの活力を中心に据える」という言葉は、加島さんの本を読んで知ったのですが、それ以前に私が考えていたのは、「命のエネルギーを高め続ける人」ということです。

「虚空にある大いなる命に思いを馳せながら、自分の小さい命を高め続けていくような人を一人でも多く、世の中に出していく」

これがホリスティック医学を成就《じょうじゅ》する近道だし、また、地球を良くするということにもつながっていくのじゃないかと思って、それを今やっているところなのです。そうしたら加島さんの本に「タオの活力を中心に据える」という言葉があったので、まさにこれだなと思ったのです。

加島 いまの「虚空にある大いなる命へ自分の命を高める」というのは、まさしく老子の「玄《げん》」の現代的解釈ですね。素晴らしい言葉です。

帯津 五十人の生徒さんを半年ごとに募集してやっているのですけれど、それなりの手ごたえはあります。

加島 そんなに大勢の人たちがね。

帯津 半年そういうことをやっていると、皆さんの顔つきが違ってくる。良い顔になってくるのです。

加島 そうですか。

帯津 それがわかったので、自信を持ってやっています。

加島 面白いなあ。タオの哲学というのは、結局、エナジーの哲学だろうと思うのです。そのエナジーはたんにフィジカルなエナジーじゃなくて、精神的エナジーであり、両者が非常に密接に関連していて、分けられないものであるとする。それが東洋の直観ですよね。西洋ではどうもこの二つを分けると思うのです。

西洋ではスピリット、マインド、フィジックの三つに分けています。フィジカル・エナジーを動物界に属するものとして下に押さえといて、上の方にマインドとスピリチュアル・エナジーを置く——そんな分類の仕方があったような気がします。

東洋では、むしろ両方に流通するものを見ようとする。スピリチュアル・エナジーがフィジカル・エナジーを高め、またその逆の働きもある。それが気の働きだ——というふうにね。気はエビデンスがないから、西洋医学では扱えない。しかし、西洋でもホメオパシーの分野や、その他のいろいろなスピリチュアル・リーダーは、はっきり意識するようになってきているんでしょう。

帯津　医療でいえば、二十世紀はフィジックを対象にして発展した時代でした。

これは医療だけではありません。社会のすべての面でそういう世紀でした。フィジカルな部分を見ていれば、それですんだのですね。ところが行き詰まりが出てきました。医療でいえば、ボディだけの病気は治るようになったけれど、がんのようにマインドとかスピリットがからむ病気が残ってしまったのです。心のケアが大きく問われはじめたのもこの時代の特徴です。

つまり、医療もここで転換せざるを得なくなって、ボディからマインド、そしてスピリットのほうに焦点が移ってきたのです。それはこと医療や医学だけでなく、社会全般がそういうふうに変わる時期なんだろうと思います。物質文明の目で体に注目して西洋近代医学を築いたとすれば、これから先はスピリットのほうに入っていかなければならない。振り子が、いったん体のほうに極限まで振り切って、今度はスピリットに向かって戻ってこようとしている――そういう時代だと思います。それが、今後どうしてもスピリットに向かわなければならない理由でしょうね。

III　大いなる循環

セックスのエネルギー

帯津　ホメオパシーはセックスのエネルギーを非常に大きく扱いますね。あれがわれわれにはちょっとついていけないところがあるのです。日本人はやはり、セックスに対して淡白なのじゃないでしょうか。だから、セックスをどうするというようなことが、なかなか患者さんにストレートに聞けなかったりします（笑）。

加島　ホメオパシーのレメディの中に、セックスが不足している人々を強めたりするものもあるの？

帯津　セックスのエネルギーが強過ぎたり、不足したりという症状に対して、レメディを使うことがありますね。

加島　面白いね。日本ではあまり発達しなかったけど、道教のほうでは非常に関心を持ってやっていましたね。

帯津　そうですね、房中術とか。中国はまたいろいろとまことしやかに書いているけど、本当かなというものも多いですよね（笑）。

加島　房中術とは、一口に言えば、性のエナジーをどう保つか、どう増強するかってことでしょう。日本には立川流というのがあるけれど、それ以外にはほとんど……。

帯津　立川流というのは仏教ですか。

加島　よく知りません。ただ、そういうエナジーはマザー・アースから伝わったものというふうに思えば、もっと受け容れやすいように思うのですよ。

母権制の太古の社会では、セックスを否定的に捉えなかった。それが父権制文化になって、男中心の人間観から次第に女性性やセックスを軽視しはじめた。そこへキリスト教の精神性が加わって、ますますセックスを暗く狭いところへ押し込んだ。東洋では孔子の道徳性が同じ方向で働きました。だからセックスを解放するには、キリスト教や儒教に対抗する別のスピリットを回復しなくちゃならない。生命主義のスピリチュアリズムといったようなものを……。

帯津　そうですね。スピリチュアルということも、日本でも今までになくいろいろ言われ出していますよね。われわれのホメオパシーも含めて、やはりスピリチュアリティというものを問題にしてくるようになってきましたね。

加島　帯津さんはその場合、スピリチュアリティの中に、「気」も入れていますか。

帯津　ええ、もちろん。気は中国の概念ですけれど、気も英語に訳すと、スピリットと訳す人もいます。ですから似たような概念として捉えています。

加島　そこが面白いところだと思うんだ。これからはスピリットと言った時に、「気」も入れないとスピリットにならないとなると、だいぶ様子が違うのじゃないかと思うな。今までのスピリットというと、どこかしら肉体を除外した概念というところがありましたよね。もし「チー」（気）というものを、西洋が生命エナジーとして受け取ることが多くなれば面白いな。

帯津　そうですね。それこそ、気のエビデンスが見つかるといいのですけどね。

加島　なかなかね。それはスピリットだって同じです。でもね、「気」は宇宙エナジーみたいなものだといえば、手ごたえのあるものになる。

帯津　中国の人は、「気」というものの存在を前提としてしゃべりますからね。もう、在るものと信じちゃっている。

立川流　真言密教の一流派で開祖は鎌倉時代の仁寛とされる。男女の性の交わりによって大日如来と一体になれると説き、性交を奨励したため、仏教界では邪教とみなされている。

気を専らにし、自由に至る

加島　あなたが、『老子』で「気」という言葉を何回ぐらい使われているのかと言っていたのでちょっと調べてみたら、全八十一章の中で三回使われていますね。

帯津　三回ですか。

加島　『荘子』のほうは十三回。もうちょっと多いかな。とにかく十五回ぐらい使われているようですね。

帯津　老子と荘子というのは年代でいうとどちらが早いのですか。

加島　はっきり言えません——なにしろ老子の生存の年代はいろんな説があるから。でも荘子は老子より一世代か二世代後、という説が一般的です。西暦の紀元前四世紀頃。

帯津　そうですか。確かに荘子は気の問題とか多いですよね。

加島　多い、とてもね。老子には三回しかないけれど。その一つに「一から二を生じ、三から万物を生ず。万物は陰を負い、陽を抱いて、冲《ちゅう》気《き》を以って和をなす」とあるんです。「冲」と書いてあるけど、真ん中の「中」でもいい。

中心の気が和を作るのだということを言っている。これが第四十二章です。

あなたのところの病院の名前の「三敬」と同じだなと思って面白かった。

帯津　そうですね。三敬病院の「三」は、この「三」なのです。

病院の名前をつける時、私は深く考えることもなく「帯津病院」でいいと思っていたんです。そうしたら易をやる友人が、「帯津病院」だけでは字画がよくないというのですよ。何か間にはさんだほうがいいと。そこですぐに思いついたのが、「敬」です。なぜかというと、かねてから私は、医療の基本は「敬」の一字にある、互いに相手を敬うということから医療は始まる、と考えていたからなんです。

そうしたら友人が、「敬」をはさむならもう一文字、三画の字を入れろと言うんですね。三画なら「三」でいいではないか、「三敬」でいこうということになりました。

では、その意味はということになって、老子を思い出したのです。「三は万物を生ず」とあるから、万物を敬うでいいではないかと……まあ、老子と孔子の折衷というところですかね。「三は万物を生ず」とあって、しかも「気を専《もっぱ》らにし、自由に至る」とありますでしょう。

加島　それは第十章にある。「よく嬰児の如し」と。だから気を充実させれば子どものように柔らかくなるというのでしょうね。

帯津　それから三番目の気は第五十五章にあって、「心が気を使って強になる」と言っている。この場合の心というのはマインド（知能や欲望）なんです。その心が気を使いすぎると強（無理押し）になると言うんですね。

加島　それはそうですね、明らかに。

帯津　この章には、あの有名な言葉もあるんです。赤ん坊は男女のセックスを知らなくてもオチンポはあんなに立つじゃないか、という精力の充実状態の話。

加島　そう訳されていましたね。

帯津　老子や荘子から伝わってくる道教は、具体的にいかに生きたらいいかに向かいますよね。セックスは生命力の伝わることだとして、房中術や長生術を説くわけです。

加島　中国の気功では、あまりセックスをしてはいけないというのですよね。

帯津　タオイズムでは、「セックスをしてもいいから、漏らすな」と言っているようです。

加島　すべては循環ですから、私は性的なエネルギーも出したほうがいいと思うのです。スウェーデンのストックホルムにいる中国人のタオイストが『愛と性のタオ』（Jolan Chan "The Tao of Love and Sex ; The Ancient Chinese Way to Ecstacy" 1977）という本を書いています。古代のタオイズムの考えるセックスというものが、今の西洋社会の中にいかに役に立つかということを英語で書いた本で、エジャキュレーション（射精）しなければ、セックスをどんなに続けても疲れないのだし、それがまた女性を歓ばせる一番いいやり方だというふうに説いています。それはヨーロッパにはない考え方なのですよ。

帯津　そうでしょうね。

加島　ヨーロッパ人はセックスを完全なものにするには、エジャキュレーションまでしなければならないと思い込んでいますからね。

帯津　途中で止めるというのはあまりよくないのじゃないかと。

加島　だからこのタオイストの考え方はヨーロッパ人には革命的な考え方ですけど、中国では千五百年くらい前から唱えられているようですね。

帯津　それは老人になってポテンシャルがなくなってきたら、漏らすなと、そういう知恵だと受け取っていたけども。壮年であってもそうなんですかね。

加島　この著者は壮年期から当てはまるとしていますね。

日本では近世以来、孔子的なモラルが被《かぶ》さっていて、セックスでは男女で不公平になりましたけれど、日本も古代は奈良朝まで母権制の風習が長く続いたし、平安朝でも男が女性の家に婿入りしていた。セックスはずっとオープンでしたよね。だから男性主権の社会になっても、セックスというものを寛大に認めていたような気がする。

帯津　なるほど。

加島　もし、セックスをうんと厳しく、罪という観念で押さえつけていたら、社会全体にそういう精神的圧迫がずっと深く根づいたかもしれない。ヨーロッパではそれが長かったでしょう。日本という国はある意味で言ったら、ずるいというか何というか、一応は男女の別を押さえ込んでいるけど、実際はかなりオープンなんですよね。

かえって戦後になって、オープンなようでいてオープンでなくなってるような気がするなあ。なぜかよくわからないけれど、フリーセックス（性の解放）じゃなくて、セックスフリー（セックスなし）になりつつある。

人間というのは精神だけではバランスがとれない。エナジーといった時にセックス・エナジーも加えて考えたほうが、良いバランスがとれるという気がするのですよ。

リターニング——命は循環する

帯津　加島さんは「リターニング」ということを書いてますよね。戻ってくる、またやって来る——こういう循環で、エネルギーを考えたほうがいいんじゃないかということでしょうか。

加島　僕は老子から、「リターニング」が中心を成す思想の一つだと学んだんです。老子の言った「また帰ってくる」という考え方を、現代人の立場から認めたいですね。ただし、それがすぐ自分に戻ってくるとかいうのでなくて、もっとはるかに大きく回っているという感じですね。帰ってくるというより、回っているというほうがいいかもしれません。

帯津　前岐阜県知事の梶原拓さんが、県民の健康に対する意識を高めるためにやっていた「健康法リーダー養成講座」というのに、私は講師として始終呼ばれていました。八年間、毎年二、三回、下呂温泉に行って講義をするわけです。そこで私に与えられたテーマは「好循環の保持」というものでした。

聞きにくる方々は「血液の循環」とか「リンパ液の循環」とか、そういうことを頭の中に入れてくる。ところが私は「命の循環」というものばかり話すものですから、どうもそのへんのところがちょっとしっくりしない感じでした。

もちろん血液の循環も大事だし、リンパ液の循環も大事だし、いわゆる気の循環もありますが、命の循環というのは、この「リターニング」ということではないでしょうか。

加島　同感です。

植物が地面や大気からもエナジーを取って、あんなに大きくなったりする——そういう知恵は、知能と呼ばれるような能力じゃなくて、あなたの言うエナジーの力ですよね。そういうエナジーの循環が生物には授けられていると思いたいですね。

「有の世界」では、そのような循環するエナジーのほんの一部が現れるに過ぎず、そうなる以前には「無の世界」が膨大なエナジーを貯めている。

今はそうしたことは科学的にもかなり証明されつつあります。

老子はそれをはるか昔に直観で捉えて言っているのだから、すごいですね。

修理工を辞めて庭師になろう

加島　医学もフィジカルなエナジーだけでなく精神的な力と関連した立場から施療するようになれば、バランスが定まるような気がしますね。

帯津　そうですね。

加島　お医者さんが非常に優しくゆったりと診るようになるのじゃないですか。

帯津　本当はそうならなきゃいけないと思いますね。

加島　あまりインペーシェント（気短か）に患者を扱いすぎる傾向があるものなあ。

帯津　壊れた機械を修理するつもりでやっている医者が多いですからね。命というところに目を向けてもらわないといけない。「修理工を辞めて庭師になろう」という言い方があるのです。パーツの交換屋ではなく、その木の全体を見る……。

加島　ああ、その表現は素晴らしい。中国の長い伝統からきている発想なのでしょうね。そういう発想は大いに活用しないともったいないですよ。

帯津　はい、私も大いにそう思っているのです。

加島　彼らは計り知れない知恵を、貯めてきたのだから。

帯津　三千年の歴史ですものね。

ホメオパシーは二百年ですしね。西洋医学はヒポクラテスから始まったといったところで、所詮、二十世紀の百年です。百年前なんて、手術なんかほとんどできなかった。たとえば鼠径《そけい》ヘルニアという歳をとると出てくるヘルニアがあって、特に馬に乗っているアメリカのカウボーイなどに出てくる。百年前はこれを治す手術はなかった。それをイタリアのバッシーニという人が、解剖学的に研究してその手術を発明した。今でもバッシーニ法といっていますが、それを聞いた患者さんがアメリカ大陸から船で治療にイタリアへ行ったそうです。それがわずか百年前ですから、今でこそ臓器移植まで来ましたけれど、西洋医学は百年の歴史とみていいですね。

加島　たった百年ですか。

じゃあ、みんなが西洋医学に夢中になってそっちへ行くのも無理ないなあ。もっと古いものかと思った。日本の医学もだいたい七、八十年というところですか。

帯津　そうですね。日本の医学もまだまだ遅れています。それは技術的な問題じゃなくて、医療に対する医療者の考え方や心構えがかなり遅れています。昔、われわれが子どもの頃は医者は威張っていましたよね。ああいう雰囲気がまだある。やはり、それではいけないのです。

加島 まだ七、八十年じゃあ無理ないな。日本の医師の態度がどうのこうのなんて論じても無理かな。

帯津 人間を機械と見ているから、畏《おそ》れる気持ち、生命に対する畏敬の念がないのですね。これがなければ、医療は駄目だと思うのです。

加島 まったくですね。西洋医学が浸透する以前には、日本にはその態度があったのです。医は仁術というのは、医療者の人格の高さを指すんでしょうね。技術ばかりじゃなくて、神秘的な力への畏敬、未知なる何かに頭を下げるような気持ちがあったんでしょう。
西洋医学はそういう部分を棄てて、具体的な技術を専一にした。それは非常に魅力的な技術で、はっきりと結果の出る明快さがあるから、夢中になることも非常によくわかるのですよ。ちょうど日本のエンジニアが、夢中になってテクノロジーを発達させてきたと同じようにね。そうしているうちに、今、あなたのおっしゃった「生命に対する畏敬の念」というものを忘れてしまった。明治以降からの日本の一つの特色ですね。

帯津 そうですね。

加島　政治家、科学技術者、経済人など日本の国力増強の役を担った階層、医師や弁護士といった知識層――そういう人たちが、タオ的なものや、ミステリアスなものや、「気」を含めた意味のスピリチュアル・エナジーをすっかり忘れていましたね。

帯津　そうなのですね。これから、そういう目に見えないものに対する関心というものを高めていかないといけないのです。特に医療の中では。

加島　こんなことをいっているけど、僕も六十歳過ぎから気づき始めたんで、あまりお説教がましくは言えないですよ（笑）。

帯津　私もそうです。若い時はあまり考えなかったですからね。

私は食道がんの手術を専門にしていましたので、興味があるのは手術だけでしたね。いかにいい手術をするかだけに情熱を燃やして、患者さんの心にはほとんど気を配らなかったし、まして、その奥にある命となると、何といったらよいのか、お寒いかぎりでした。

食道がんの手術はいろいろなところを切りますから、手術に時間がかかるし、手術が終わってからも、合併症の発症率がとても高いものですから、患者さんには一週間ぐらい集中治療室に入ってもらう。この時も非常に気を使いますが、患者さんの心にはあまり思いがいかなかった。それで無事に患者さんが一般病棟に移ると、もう次の手術ですから、患者さんの心を思う余裕がないわけです。
ところが中国医学をやり始めると、患者さんの顔をよく見るようになります。「望診」と言って、患者さんの顔を診ることから始まる。それから毎朝、患者さんと一緒に気功をやって同じ顔を見ていると、心の動きが少しずつ読めてきます。心の持ちようと病状の推移に大きな関係があることがわかってくる。ああ、心の問題をきちんとしないと、本当の意味の医療にはならないということに気がつくわけです。

加島　一般人は、壮年期までは西洋的な経済・技術社会で活動をしている。そんな状況の時に、そういう心の部分などは頭の中に入らない――仕方ないですよ。物質主義産業社会、競争社会では、それは無理のような気がする。六十歳を過ぎた人たちが、自分の内側からそのスピリチュアルな力をわかり始める――それでいいように思うな。自分自身を省みてみるとね。何といっても西洋合理主義というのは魅力のある考え方ですしね。

帯津　一度はそこを通らなければならないのですね。私も手術しか考えていなかったのですから、あまり良い医者だったとはいえない。だんだん人の命というものを考えるようになって、こっちのほうへ動いてきたわけです。
現在の私の本業はホリスティック医学ですが、代替療法に手を染めて長いものですから、内外のいろいろな代替療法の学会に出席することが少なくありません。そういう集まりのかなりのテーマが、代替療法をエビデンス（科学的な証明）で武装して、西洋医学と肩を並べていこうとするものなのです。

しかしエビデンスは、代替療法には無理だろうと私は思うのです。なぜかというと、代替療法は、そのほとんどが体を診るのではなく、心とか命に焦点を合わせているからです。心とか命がまだ科学的に解明されていない今、エビデンスを追いかけたところでたかが知れているわけですよ。もちろん多少のエビデンスはありますが、十分というわけにはいきません。だから私は、求めるのはいいが深追いするな、と言うんです。

代替療法は、科学的なエビデンスが乏しいとはいっても、実は、体を診る西洋医学にない良いものを持っている。それは「直観」です。直観というと麻雀や競馬のヤマカンと思われてしまいそうですが、そういうものに限らず、もっともっと高い精神活動なのではないでしょうか。

ベルクソンは『哲学的直観』の中で——前にも少し話しましたが——私たちの内に宿っている命（ソウル）が溢れ出て天に向かって上昇していくと、時空を超えて広がる虚空の大いなる命（スピリット）とぶつかる。そこに直観が生まれる。次の瞬間、命の躍動（エラン・ヴィタール）が起こり、さらに次の瞬間、私たちは大いなる喜び、つまり歓喜に包まれると言います。

一方、私たちは科学、つまりエビデンスのおかげで地上で快適な生活を営んでいる。これはこれでありがたいことなのですが、では私たちが生きていく上で、歓喜と快適さとどちらが大事かと、ベルクソンは問いかけてきます。

当然、歓喜ですよね。だから哲学は科学を超えた存在だと言っているわけですよ。

加島　そういう気づきが起こるか起こらないかというところが、人間の分かれ目だと思うんですよ。エンジニア系の人だって、その気づきが起これば、全体的な自分に帰るんです。

ヒポクラテス（前四六〇〜三七七）　古代ギリシャの医学者。外科的な医術を創始した人物として西洋医学の父と言われている。

バッシーニ（一八四四〜一九二四）　鼠経ヘルニアを手術によって治療する「バッシーニ法」を考案したイタリアの外科医。

人間の中の動物性

加島　ホメオパシーも人それぞれの性格や気質に当てはめて施療しているようですが、十二支《じゅうにし》のことでね、ちょっと変わったことを思ったんですよ。六十歳を還暦という。僕はその時には思わなかったけれど、もう一度十二回まわって七十二歳になった頃に、あることに気がつきました。

人間の中には動物性がある。それを十二の種類に当てはめて、子《ね》・丑《うし》・寅《とら》・卯《う》……というふうに分けている。ということは、人間の中の性質や気質にはいろいろな動物と同じような動きがあるのだ。一人の人が、時にはネズミのようにちょろちょろしたり、トラみたいに吼《ほ》えかかったり、恋愛したらヘビみたいになったりと、一人の人間の中で、六十歳まではいろいろな動物性が入れかわり立ちかわり出没する。相手によってはヘビの性質が出てきたり、ニワトリのように餌ばかりついばんだりというように、いろいろな性質が次から次へと自分の中で生じる。二十四歳から三十六歳あたりが、もっともフルに動物性が出てくる。というのは、この頃は競争社会の中でもがいているわけで、セックスも一番激しい。その次が四十八歳、これも大きな境目で、動物的な勢力争いに疲れてくるような気がするのです。それで厄年なんていう言葉になったりする。

六十年で一巡するということの「還暦」は、自分の中の動物性が一応の働きをすませていて、「もうこれからは、自分の中の動物性をコントロールできる歳になったぞ」というランドマークなんだ。還暦とはそういう意味じゃないかと、ふと思ったのですよ。

ホメオパシーはそういう人間の内側の変化をよく考慮した上で、レメディを考える——だからとても東洋の医の方法に近いですね。

帯津 なるほど。ホメオパシーと十二支というのは面白いですね。

加島 でもね、僕の場合は、そう簡単に六十歳で自分の動物性をコントロールできなかったんです。むしろ動物性の最後の炎に焼かれて、とんでもないことをした。

だから、どこかにそれが残るのはしょうがないにしても、不要な動物性は少しずつ捨てて、自分の中のエナジーが一番良く出る動物性だけを、六十過ぎに生かしていく。これは口で言うほどうまくいかないけど（笑）。

今は寿命も延びているし、還暦がもう十二年遅れていいと思っているのです。七十二歳あたりからそういうふうになってゆけばね。僕自身のことを考えてみれば。若い人が動物性で活躍していても、無理もないというふうに思うのです。だからあなたが言っていた三つの解放というものも、「フリーダム・フロム・何々」ではなくて「フリーダム・イン・何々」だと言えば、何かそのほうが僕には納得がいくのです。

帯津　抜け出してしまうのではなくて、その中の自由という……。

加島　ええ、そうです。自分の中に持っているものですもの。「そこから出て」ということは難しい。

帯津　そうかもしれませんね。

加島　「イン」（中にいて）だとね、たとえばパッションから抜け出るのではなくて、その中にいてそれを自分で少しずつコントロールしてゆく。全的にそれを捨てて決別するのは無理ですもの。

帯津　なるほど——気がつかなかったですね。

加島　西洋的な考え方は、きっぱり区別してそこから脱け出なきゃ駄目だという対立概念が強いからね。

帯津　確かにそのほうがいいですよ、「イン」のほうが。

加島　確かに「痛みから自由にする」ということでは、西洋の医術が素晴らしい成果をあげています。僕なんかも痛みがあったらそこから自由になるためにいろいろな医学に頼ります。でもね、心や気持ちの痛みはそれぞれの人の内側の課題でしょう。

帯津　そうですね。今、がんの患者さんにはたいていホメオパシーを使っているのですが、がんだから簡単に痛みは軽くならない。けれど、「痛みはありますけど、前ほど苦にならなくなりました」と言ってくれる人が多いのですよ。だからホメオパシーの良さは、そういうところにもあると思うのです。症状は軽くならないのだけど、苦にならない。

加島　苦にならないということは、気持ちの中でペイン（痛み）から自由になるということですよね。

帯津　そうですね。

加島　「フロム」というより、どうも「イン」のほうがいいなあ。

帯津　いいですね。ええ。いい話を聞きました。今度、それを使わせていただきます（笑）。

加島　「自分の中の欲念から自由になる」とは結局のところ、セルフコントロールが働くかどうかですね。しかし、これは容易じゃないなあ。

帯津　先生が先日のライブトークでおっしゃっていた釈迦の「自分の光で照らせ」という言葉

ですね。

加島　ああ、そうですね。釈迦の最後に言った言葉です。「自分の灯台になれ」というのは、「自分の光で己を照らせ」ということでしょうね。「外から照らされて自分が反射するのではなく、自分の中からの光を発してそれで見なさい」というわけだと思う。普通、人はいつも外側の刺戟に反応してものを見ている。だから自分の中の光になかなか気づかない。

でもね、自分という発光体が見るものというのは、自由な喜びなんです。自分の中の自由につながるということを、釈迦は言いたかったんだと思うんです。「体をここまで使ったのだから、もう休もう」とか、「マインド（欲心）をここまで使ったのだから、一休み」といったように、自己の経験を深く感じた時、中からの光が出る。「間」とか「空」を自覚して、「気づき」からバランスに向かう。人はたいてい、外側の刺激だけに執着し過ぎるようです。

だから帯津さんみたいな内側からのことを言う人が、社会に対して非常に重要な存在になるんですよ。

帯津　ありがとうございます。

大きな山塊を越えてきた

帯津　先生はとても楽しそうですね。六十五を過ぎて八十二に至るまでの間に、大きな山塊を越えて、アウェアネスを面白がってらっしゃる。「おっ！」という感じで、発見の一つ一つをかみしめている――そんなふうに見えます。

加島　いや、努力もせずに好きなことに熱中して山を越えてきたんです。面白くて登ったのですから、落っこちてもあまり痛くなかった。努力して登った人は、落ちると非常に悔しい。好きで登った者は落ちてもあまり悔やまない――痛手はないんです。人間って自分の好きなことをした時には、失敗してもあまり後悔しないような気がするなあ。

帯津　そうですね。

加島　自分が今まで、生きる上で命がけの努力をしたのは、軍隊から逃げようとしたことだけかなあ。

帯津　手を怪我したと書いてありましたね。

加島　まさに自分の中の動物性が荒れ狂ったんですね。亥《いのしし》の生まれだから、檻から出ようとまっしぐらに――そうでした、動物が檻に入れられた時、檻をかじってでも外に出ようとするような本能的行動でした。前に話した十二支のように、人間というのはいろんな動物性を内に持っているんですね。僕の場合、動物的本能が普通の人より強く残っていたみたいです。

材木を切る製材機があるでしょう。刃がぐるぐる回っているところに材木を持ち上げて切る仕事をしていたのですよ。それまで散々どうやって逃げたらいいかということを考えていたけど、道がなくて、これが最後のチャンスかなという気がしたの。

僕は別に死が怖いというよりも、軍隊というこんなところにいるのはどうしても嫌だという気持ちが強くてね、それがとうとう高まって、気が変になっちゃったわけです。それでよろけたふりをして切れちゃってもいいやという気持ちで、製材機に手を突っ込んだのだけど、あの製材機は跳ねのける力があるから、巻き込まないで跳ねられて、それでも軍服の上から、かなりぐちゃぐちゃに切れた。すぐに病院に運ばれて手術してもらってね。

あの時、僕はこの軍隊生活が永遠に続くような錯覚に陥っていたわけです。米軍が来て、どうせ艦砲射撃で死ぬ。いずれにしろ、こんな生活で死んだらつまらないから、田舎へ行って、隠れて教師でもしたいなあと思っていた。

考えてみると、その後たった六カ月で日本は負けちゃって、あんなに願っていた自由が大きな流れになって、僕もその中にいた。しかしそれを待てないでバカなことをやった。この想いが、どこか自分の深いところに沈澱したのかもしれません。その時はもちろん老子のことなんて知らないし、バカをやったことなんてすぐ忘れちゃって、東京で夢中になって働いてた。

二十二歳の時ですから、そんなに反抗しても駄目だと知っていいはずなんだけどねえ。どうもまだ動物性がとても強く残っていたんですね。

それというのも少年期はかなり放任されて過ごして、自由だったからです。その自由をとても楽しんだ。だから、あなたが言ったように、僕は楽しげに生きている――こういう楽天性を少年期に覚え込んでいたんです。

帯津　あの時代ですから、逃げようなんて考える人はあまりいなかったでしょうね。私は終戦の時、小学校四年でした。

加島　苦労なんて知らないでしょう。

帯津　食べものがあまりなかったという苦労。でも、子どもだからそれがわからないですね。

加島　そうですね。

帯津　その場だけ、食べられればいいと。

加島　川越なら、豊かだったでしょう。

帯津　豊かというか、都内よりはよかったですね。

加島　あなたは、非常に幸いな少年期、青年期をずっと送ってきたわけでしょう。

帯津　そうですね。本当に良い時代でした。高校から、大学にかけてはね。

加島　帯津さんも僕も少年期は苦労しなかった。しかし青年期は大きな違いがあるなあ。こっちは生きるか死ぬかというところから、必死になってあがいて、あとはボーッとしちゃったところがあってね。あのトラウマというのは無意識の中に相当深く入っていたのでしょうね。

帯津さんはそれなしで育ったのですね。まあ、それがノーマルなのかな。

帯津　私は恵まれていたと思います。良い時代だったと思って。

加島　今の二十一、二歳の人にはまったく考えられない経験だよね。

帯津　先生はやはり戦時中の学生なのですよ。

たとえば今の韓国の学生は、一瞬それを体験させられるわけです。三年間ぐらい徴兵に引っ張るのですから。

加島　そうらしいね。韓国は強制的に義務兵役をするのでしょ。そりゃ、今の日本とえらく違うところだな。

帯津　違いますよ。

加島　僕が軍隊に入る前までの時代は、都会では戦後よりもっと良い時代だったですよ。第一次大戦で造船やら鉄鋼やら何やらで日本は大金儲けをして、大正期には急に資本主義が発達して、都会の中産階級というのはかなり贅沢をしたのですね。

帯津さんの世代は戦後が小学校四年ぐらいだったら、それからはある種の解放された良い時代になってきているわけですからね。

帯津　終戦の年も、仲間と一緒に魚獲りばかりしていましたよ。警戒警報が鳴っても魚を獲っていて、空襲警報が鳴ってから、あわてて逃げ出したものですよ（笑）。

加島　僕は日本に希望を持ってるんです。

今は全体主義の恐怖のない時代です。あとはただ産業的な力が人間を――自分を――機械化するのを少しでも防げばいい。

産業資本の社会は、そこまで人間の根本の自由を奪うような社会ではありません。戦前と比べると、よほど良い社会です。戦争末期の日本は、軍隊が全国民の自由まで奪いましたものね。まったく恐ろしい時代でした。また国民の多くもそれに賛同してやったのだから、それも恐ろしい。

Ⅳ　共存して生きる

右脳の働きが強まってきた

帯津　加島さんが絵を描くというのは、やはり自分の内面に下がっていくのですか。

加島　衝撃的な質問ですね。

プロの画家に聞いたら、いやな顔をされるかもしれない。でもね、僕たち素人《アマチュア》の画作は自分の中にあるものしか頼れないんです。そこがとても面白い。時々、プロにはできない作品ができますが、次はまるでダメ作になったりして……。

帯津　今、絵がとても大事になっているという感じですが。

加島　そうです。六十まで僕は左脳ばかり使ってきた。それでいま絵を描くのに反対の脳を使ってバランスをとり始めています。ところで専門家のあなたに聞きたいのですが、本当に右脳と左脳というのはあるの？

帯津　私はあまり専門ではないので深くは知りませんけれど、脳生理学者の医科歯科大学の先生が書いていますから。あるのだと思います。

加島　では、あなたもあるとお思いなんですね。安心しました。

帯津　自分ではあまり区別して考えていないですけれどもね（笑）。
加島　あなたは右と左の両脳をよくお使いだと思って、聞いてみたいと思ったんです。
帯津　角田忠信という有名な先生が、左脳が言語脳として知的作業を担当し、右脳は音楽脳として感覚的作業を担当するということを言っていますね。
加島　エビデンスはないのでしょう。あるの？
帯津　生理学的には、いっぱいありますよ。生理学的な反応。右脳への刺激でどういう反応を見せるかとか、左脳への刺激をするとこういう反応を見せるとか、そういうエビデンスはたくさんあります。
加島　左のものを遮断してどんな結果が出るか、という方法はどうでしょう。
帯津　それはできないですよね。
加島　両脳の交流があるのかどうか知りたいですね。
さらに言えば右脳と左脳を支配しているもう一つのセンター部分があるのかどうか。そこらへんが素人には皆目見当がつかない。
帯津　私が加島さんを拝見していて感じることは、左脳的に論理を考証していく部分と別に、詩を書いたり絵を描いたりする部分が、どんどん強まってきているんじゃないかということです。

加島　それは右脳が強まって、ということでしょう？

帯津　ええ。

加島　まったくそのとおりなんです。六十過ぎてからのことです。それまでは左脳の論理の領域に入り浸っていたわけですよね、右脳へスイッチできるなんてまったく思わなかった。それが失恋したり伊那谷へ来たりした後、いつの間にか右脳のほうが面白くなった。左脳ばかり使っていた頭が、右脳も使い出して、今は、ある種のバランスがとれてきたなあと感じるんです。

文章を書いていて、次に絵に移ろうとすると、すぐには移れないのです。転換するのに時間や気晴らしが要るんです。何かほかのことをやってから右脳へ移る機会をつかまないと、移れないのですよ。そうしてみると、じゃあ、その両方の脳をコントロールして、「今度は左脳から右脳のほうに移れ」と命令する別の脳があるのですかね。

帯津　大脳が二つあるわけじゃないですから、左右の調和のとれた状態を導くというものがあるかもしれませんね。

加島　どこかにあるのでしょうか。

帯津　どこかにね。頭とは限りませんけど。心かもしれない。
加島　僕はそれがむしろ、「肚」じゃないかという気がするの。
帯津　そうするとそこで、先生のあの「肚」の文化の話につながるわけですね。
加島　左脳ばかり使っていると、胸から上の神経が発達して、肚の太陽神経叢の働きを鈍くする。女性はわりあいと肚中心の性向でしょう。
帯津　そうですね。そうすると、肚が意味を持ってくるわけですね。うん。
加島　女性は元から肚中心だから、左脳の活躍による論理なんて共感しないのかもね。だって、この三千年で女性の哲学者はほとんどいないもの。女性にとっては、ヘーゲルだ、キェルケゴールだなんて、屁にも思わないでしょうね。
帯津　哲学の歴史に詳しくはないけれど、パラパラと見ても確かに女性はいないですよね。
加島　不思議なんだけど、僕は、そういう点では、太陽神経叢を中心に生きている人には、哲学はいらないんだと思うな。
　男だって、そういうほうがハッピーな場合も多いような気がする。
　老子が、あまり考えるな、利口になるとろくなことがないと言った裏には、そういうところがあるような気がするな。

角田忠信（一九二六〜）東京医科歯科大学名誉教授。左右の脳の機能差を聴覚から導き、日本人の脳の特殊性から文化論を展開。右脳左脳論の先駆けとなった『日本人の脳』（一九七八年）はベストセラーになった。

攻撃から共存へ——がんと折り合う

加島　帯津さんは一般の患者さんとつき合っている立場だから聞くのだけれど、日本人は外国の人に比べて、ロジカルにマインドを働かさないで、直観と感情に頼るような人が多い気がするけど、どうですか。

帯津　そうですね。がんのイメージ療法で有名なサイモントンさんなんかも、初期の頃はわりあいにロジカルな心理療法だった。うちの患者さんにも、十六年ぐらい前にサイモントン療法を取り入れたことがありますが、その後、みんな離れていっちゃいました。

日本人の国民性とアメリカ人のとは、ちょっと違うのじゃないかと思いましたね。その頃の日本人は、サイモントンについていけなかったのです。たとえば彼は、がん細胞を攻撃する。がん細胞を攻撃すべきお城に見たてて、こちらからミサイルを撃つイメージを持てなどと言うわけです。日本人というのは、そういうのがすぐ嫌いになっちゃうのですね。

加島　なるほど。むしろがん細胞と共存するというような考え方のほうが納得できるわけでしょう。アタックするのじゃなくて……。

帯津　日本人のほうが情緒的なので、サイモントン療法そのものは日本には根づかないなと思ったのです。ところがサイモントンさんのほうも変わってきましてね。今は、死の話だとか、攻撃するようなことばかり言うことはなくなりました。共存するような方向に来ているのです。バランスがとれて、ちょうどよくなってきたのですね。

加島　実際に、共存するというふうな考え方というのは、がん患者の場合でも妥当な考え方なんですか。

帯津　そう思います。がんは全部は消えないんです。あることはある。あることはあるけど、なんとなく折り合っていて、それ以上進行していかないようにする。そういう状態の人のほうが多いですよね。それこそ、まだエビデンスの世界じゃないのですが……。

加島　非常に面白いところだと思いますね。共存するというふうな穏やかな思想の中では、がん細胞のほうも生存に関して不安じゃなくなるから、無理に発達しなくなるという……。

帯津　ちょうど折り合っていくという感じですね。

加島　がんのほうでも、ある意味でそういう信号をキャッチしているわけでしょう。そうじゃなきゃ自分の動きを止めるわけがないもの。そうすると、その信号をキャッチする能力というものをがんが持っているということだ。それはすごいことだ。やみくもに増えるだけの存在じゃない、ということがわかっただけでもすごいじゃないですか。

帯津　そうですね。棲み分けが上手くいって、安心してそこにいられるという感じです。

加島　それは、人間の社会でも同じだと思う。アタックすると、相手が恐怖を持って反撃してくる。お互いに共存しようといえば、相手にも平和意志が伝わる――。そういうのが、母権制社会の頃には、何となく広く浸透していたと思うのですよ。それが父権制社会になったら、相手を打ち伏せて進むというような、人を不安な状況に陥れる状態がずっと続いてきた。それが二千年ばかり続いて、ここまで来てしまった。

帯津　そうですね。清水博さんという学者が、がん細胞もこの場の中の存在だから、場のエネルギーというか、そういう状況を敏感に感じるのだ。そういう目でがん細胞とつき合っていかなければいけない、ということをよく言っています。

加島　それは面白いな。僕らだって、何かに脅かされている時と、そうじゃない時では、健康状態がえらく違いますからね。実際には今、日本は安楽な、平和でゆったりした国だと思いますね。ただ、今は情報というものが絶えずわれわれを打ち伏せようとしている。それも気狂いじみたやり方でね。もっと柔らかな情報を送ってくれれば、人間だってどんなに柔らかくなるかわからないのにね。

帯津　本当にそう思いますね。

加島　それを強調すると、社会的責任を逃れるとか、隠遁主義だとかいう。老荘思想もそういうふうに捉えられてきたわけですよね。だから、老荘思想は社会的には陰の存在のようになってきていた。だけど六十過ぎになったら、そういう世界に入るように心がけるといいのじゃないかな。

インドでは、人生を四季として生き分けて、学生期、家住期、林住期、遊行期とするようですが、晩年には林に入って住むという考えは賢明なことのような気がしますね。

帯津　林住期ですか。

加島　そうです。十二支の考え方のように六十歳でやるか七十二歳でやるか、あるいはもっと早くやるかということは個人次第です。

帯津　本を読んでも、話を聞いても、加島さんの思考は、とても楽しそうですね。

加島　楽しむことの何が悪いんだろうかと言いたい（笑）。

帯津　ところが私の周りの退職した友人たちは絵を描いたり、ゴルフをしているけど、非常に寂しいのです。寄るべがないというのでしょうか……。やはり大きなタオの尻尾みたいなものをつかんでいないとね。まことに鬱々たる老後なのですよ。

加島　聞いた話ですけれど、ある大病院の事務長をしていた人が、社会的にまったく立派な生活をしてきたのに、死ぬ時になって、自分の人生ってつまらなかった、とつくづく言ったというんです。世間体や社会的な義務感や、体面や見栄——そういうものだけで立派にしてきた人たちというのは、どこか心の中に鬱屈がありそうですね。

帯津　好き放題にやればよかった？

加島　そうは言い切れないけど。

帯津　そういう意味では、先生は人生を好き放題になさったのですか。

加島　いや、結構社会的な仕事をしてきましたよ。一応大学に三十年もいたんですからね。ただ、大学といっても地方大学で、あまり文句を言われない地位にいたから、授業は一生懸命やりましたけど、それ以外はかなり好きにやりました。迷惑をこうむった人もいますから、偉そうなことはいえないけど（笑）。だから自分の中の潜在能力《ポテンシャリティ》を少しずつ開拓してゆけた。自分の中の潜在能力を出しつつ生きてゆければ、いつも歓びが起こるのじゃないかなあ。

帯津　そうですか。

加島　あなたは青年期から順調に潜在能力を出してきて、中年でまた新しい領域を開拓してきたが、僕はずっと遅れてそれを始めた。けれど、とにかくそれが生きがいですね。

帯津　私のほうはまだまだなんです。いろいろな問題があるのですよ。

加島　問題がある？　周りのお医者さんや何かで？

帯津　やはりなかなか意思が伝わらないですよ。方向性は間違っていないことはわかっているのですけど……。まあ、少しずつ、前に出て行けばいいと思っていますけどね。

加島　やはり、先駆的な仕事というのは、いつもそういう障害が必ずあるのですよね。老子は、それと闘わないで「そういう時は守っていけばいいのだ」という言い方をしてますね。こっちが守っていてアタックしないとなればね、向こうもアタックしてこなくなって、やがて良い効果が出るような気がしますね。少し時間がかかるけど。

カール・サイモントン　アメリカの精神腫瘍学《サイコオンコロジー》・精神神経免疫学の先駆者。一九七〇年代に『がんのセルフコントロール——サイモントン療法の理論と実際』を著して、いわゆるサイモントン療法の体系を確立した。

清水博（一九三二〜） 東京大学薬学部教授を退官後、金沢工業大学で「場の研究所」を設立。互いの違いを認める共生の論理を「場の文化」として提唱している。著書に『場の思想』『生命を捉えなおす』など。

横隔膜は呼吸のかなめ

加島 あなたが板橋興宗《いたばしこうしゅう》さんとトークした本（『〈呼吸〉という生き方』春秋社）の中で、板橋さんがあなたに、「お腹《なか》の中に本当に何もないのですか」と、何度もいろいろ聞いていたのが大変面白かったですよ。

禅の人は、肚を空っぽにしろ、というふうに言いますね。僕も、横隔膜が下がると肚に圧がかかってと、肚のほうばかり考えていたけど、あの対話で面白かったのは、横隔膜が下がるということは、肺が広がるんだということでした。それには気がつかなかった。

禅の人も、肚に圧を加えて肚を固めることばかり言っていて、胸が広がるという部分はあまり気がついていないのじゃない？ 横隔膜は深呼吸のかなめなんだと知りました。村木弘昌さんも横隔膜のことを非常に言ってますね。
帯津　ええ、村木先生は現代医学的に呼吸法というものを導入した人です。彼とはずいぶんいろいろなことをやりましたよね。三大体腔といって、頭の中と胸とお腹の内腔が三つ重なっていろいろな生理現象を起こすと彼はいつも言ってましたね。
加島　どこが中心なのですか、村木さんの場合は。
帯津　やはりお腹です。お腹が胸に影響を与えて、脳内の空間にも影響を与えると。あの先生は非常に地味な先生だった。講演なんかも淡々と小さな声でしゃべるから、聞いていていい話だとはなかなか思えないのだけど、本に書いたことをゆっくり読むと、非常に深く考えている人ですよね。
加島　僕はね、D・H・ロレンスが、「横隔膜の上にある神経叢と下にある神経叢では、愛のあり方が違うんだ」と言ったのにはびっくりしたのですよ。
帯津　本に書いてありましたね。
加島　「肚の方は親子の愛、横隔膜から上のは男女の愛」なんて言っている。昔は、何を目茶苦茶なことを言っているのだと思っていたのです（笑）。でも最近は、ロレンスの直観は当たっているのじゃないかという感じがするのですよ。

横隔膜がいかに人間の体の中で大事な役をしているか、ということを村木さんが書いているのを読んで、僕も考え直してみたんです。そうしたら肚というものをずっと無視して横隔膜の上だけでやってきたから、いつの間にかだんだん息が詰まってきて、それで考えが狭くなってたのかな、神経質になってきたのかなと思ってね。いろんなことに思い当たる。「なるほど」「そういえば」ということがいくつか出てきました。それまで横隔膜なんてことを、日本では誰一人言わなかったですよね。

板橋興宗（一九二七〜）　曹洞宗管長・大本山総持寺管主。東北大学宗教学科卒。著書に『良寛さんと道元禅師』など。

村木弘昌（一九一二〜一九九一）　東京医科歯科大学・慶応大学医学部卒。医学博士。藤田霊斎が創設した調和道協会の二代目会長。『丹田式呼吸健康法』など著書多数。

ホピ族の呪いとヒーラー

帯津　昔のことですが、ホピ族というネイティブ・アメリカンの集落を訪れたことがあります。

そこの長老の家に行って、大きな窓以外は何もない部屋で長老と話をしました。周りは赤土でできた四角い山が並んでいて、西部劇の世界です。何ともいえない気持ちでしたね。

加島　場所はどこですか。

帯津　フェニックスからちょっと北のほうへ行くとフラッグスタッフという街があって、そこからさらに内陸に入って、アリゾナとユタとニューメキシコといくつかの州の境目のところです。もてなしの料理に、生のニンジンなんかが出てくるんですよ（笑）。

加島　僕はね、ロサンジェルスの街を歩いていたら、街角から出てきた男がね、僕のおやじにそっくりなんでギョッとしたことがあった。

帯津　ほう。

加島　顔つきといい何といいね。その時、ネイティブ・アメリカンは、自分たちと同族だなと感じがしましたよ。彼らも母権社会なのですってね。あなたはどうしてそんなところへ行ったの？

帯津　ネイティブ・アメリカンの映画を撮り続けている宮田雪《きよし》さんという映像作家がいて、その人と私の知り合いの気功の先生と交流があったところから、誘われて一緒に行ったのです。

その時、失敗をやらかしまして、間違えてホピ族の聖域に足を踏み入れたのですよ。それ以来、毎年決まって三月の初めにめまいがして動けなくなった。それが四年ぐらい続きました。祟りだったのかもしれません。周りのみんなが心配してくれましてね、「呪われているから、呪いを解かなければならない」とか、「讃美歌を聞け」「密教の加持祈禱《かじきとう》をやってやる」とか（笑）、いろいろなことを言われたのですよ。そのうち忘れたようにだんだんなくなってきて、今はまったく心配はないですけど。

加島　めまいは気圧の関係じゃないの？

帯津　時期的に同じというのは、天気との関係もあるかと思うのですね。まあ、はっきりしたことは言えないのですけど、毎年、ある時期になると何かあるのです。最後はイギリスのスピリチュアル・ヒーラーが「あなたにエネルギーを送る」と言ってくれた。それは最後のほうだったから、それで治ったとは言い切れないですけど、確かにロンドンからエネルギーが来たような気がしました。

加島　気がしたわけ？

帯津　言われた時間になると、体が熱くなった。彼は正午に気を送ってきたんですけど、時差があるから、こっちでは夜の九時です。そうすると、熱くなってくる。

加島　どうもあなたのほうが僕よりも霊感に対して感度が鋭敏なんですね。

宮田雪（一九四五〜）映像作家。ネイティブ・アメリカンの精神文明に強く心を動かされ、一九八六年、ドキュメンタリー映画「ホピの予言」を制作。

日本で一番気に満ちた峠

加島　この家から仙丈ケ岳のほうへ上がったところに分杭峠《ぶんくいとうげ》があるのですが、その峠が、中国人の気功家が来た時に、「ここは日本でも一番、気に満ちている」と言ったところなのです。

帯津　私も行きました。その人は張志祥《ちょうししょう》さんといって、私とつき合いがあった人です。

加島　それは驚いたな。

帯津　長谷《はせ》村に保養施設ができる前に、私は呼ばれて講演をしました。保養施設ができてからは行ってないのですけれども。

加島　その上のほうが分杭峠で、今、小さな観光名所になっています。気が満ちているということはあり得るのかもしれませんけど、「ゼロ磁場」なんてことを言う人ですね。

帯津 そうですね。

加島 「ゼロ磁場」とはどういう意味なのですか。

帯津 私もよくわからないのですよ（笑）。

加島 どんな人ですか。

帯津 張さんは、武漢の近くに自分の基地があるのですよ。蓮花山というところがあって、風光明媚なところです。全国から何千人という人がまさに信者みたいに大勢集まって、そこで講義をしたりするのです。三千人ぐらい入れるような講堂がいくつかありまして、その講義に一回出たことがあるのですけれどもね。すごいですよ。神がかっていましたね(笑)。現在は法輪功の問題などがあって、人をたくさん集める気功の団体は規制されて、潰されちゃっています。

加島 そうですか。法輪功というのは、最後は、気功の団体か政治の団体かわからなくなりましたね。

帯津 マインド・コントロールをしたというのですね。それで共産党が恐れて弾圧した。

加島 しかし、どうも中国には、新しいスピリチュアルな運動が起こるような気がする。向こうのほうが、日本よりもスピリチュアルなエナジーが溜まっているようですものね。中国はそういうものが溜まって噴き出たらすごい勢いになる。日本なんかと比べものにならない。いつか中国に行きたいと思っているのですけどね。

帯津　蘇東坡《そとうば》のゆかりの西湖へ行かれたらどうですか。何回か行きましたが、いつ行ってもきれいですね。

加島　僕は蘇東坡が、大変好きなのですよ。上海からそんなに遠くないですか。

帯津　今は高速道路がありますから、車で二時間ぐらいで行きます。

加島　そうですか。上海まで神戸から船で行ける。今度、それに乗って行ってみようかと思って。二日で行けるそうだから。

帯津　加島さんは飛行機が嫌いですものね。でも長崎からだと飛行機で二時間ですよ。

張志祥　中国の著名な気の研究家。元極学の導師。一九九五年来日し、長野県長谷村の分杭峠が「ゼロ磁場」であることを指摘した。「ゼロ磁場」とは森羅万象の陰陽の調和がもっともとれた波動エネルギーの場（生命場）を意味する。

蘇東坡　［蘇軾《そしょく》］（一〇三六〜一一〇一）　中国北宋代の政治家、詩人、書家。三国時代の古戦場・赤壁を詠んだ「赤壁賦」が有名。

心理が敏感に影響する病

加島　先ほどの話に戻るけど、共存するという気持ちはがんの活動を押さえるのだとすれば、自分はがんに罹っていると知らない場合に、がんはゆっくり増殖するのかしら？

帯津　証明が難しいですけれど、それは言えると思いますね。早期発見がいいというけど、早期発見したためにバタバタッと悪くなることがある。知らないで過ごす期間が長いほうが、人生全体から見たらその人にとってはプラスだったということもあります。だから、やたらに検査するのも考えものですね。

加島　そこがちょっと面白いところですね。少しぐらいの病があっても、快活に明るく生きていれば、それが消えるというか、発展しないままに終わっちゃうということもありますか。

帯津　がんになった患者さんは、これから治療をして再発しないように心がけていくわけでしょう。そういう人は日常の中で、できるだけ楽しいことをたくさん経験したほうがいいのです。食事も玄米菜食で厳しくするばかりが能じゃなくて、私の経験では、時々踏み外して好きな物を食べたほうがいい。ふだん玄米菜食ばかりの人が、たまにステーキを食べるのは、ステーキばかり食べている人がステーキを食べるのに比べると、落差がうんとできるわけですよ。これがいいのだと思うのです（笑）。

加島　なるほどね。自然のままがいいというところも多分にあるということですね。

帯津　そうです。どうしても病気になると楽しみが少なくなる。たとえばゴルフをやっていた人がゴルフに行けなくなる。飲みに行っていた人が飲みに行けなくなる。その分は日常生活の中で何かに振り替えて、楽しみを見つけていかないと。

加島　代わりの楽しみが見つかればいいけど。「つまんない」なんて思っちゃうと、それこそつまらないことになっちゃう（笑）。病院に入院すると、人は途端に病人になってしまいますよね。

帯津　何もやることなくて、ただそこにいるだけですからね。うちの病院は気功の道場があって、年中、何かやっています。だから気が紛れていいと思うのですね。

加島　僕の甥が悪性のがんだと言われ、手術をした瞬間から急に病人になって、あっという間に亡くなりました。放って置いたら、がんが破裂したり大きなことになってしまうから、手術をしたことは間違いではないそうだけど、しかし、あの急激な変化には驚きましたね。

がんほど心理的な面が敏感に影響してくる病気もないですね。昔の肺結核もそうだったのかな。心理的な部分が非常に大きく影響しているかもしれませんね。

帯津　昔の肺結核も死の宣告でしたね。

加島　それに近かったですね。肉体的にもそうだけど、いろいろなトラブルで気持ちが落ち込んでいる人の顔の表情は、すでに病人の顔になりますね。敏感に顔に表れる。あなたは、亡くなった時の顔のきれいな人と、相当、想いが残った顔の人とがいるとおしゃいましたね。

帯津　死ぬ寸前まで激しい治療をしていた人は、あまり良い顔をしていないのです。ものすごく顔色も悪いしね。ところがある期間から、そういうことは止めて、ゆったりとした自然で素朴な治療に切り替えた人は良い顔をしています。だから抗がん剤だとか、激しい治療をいつまでもやるというのは反対なのです。

加島　最後まで闘い続けた人は、闘いが残ってしまうのですね。恨みを残した顔もあるのですか。

帯津　そうですね。まだ人生に未練たっぷりという……私の病院で死んでいく人は、おおむね良い顔をしていますから、助かります。

加島　やはり帯津先生のところへ行く患者さんは前向きなのでしょうね。

帯津　そうですね。こうすべきだということがいろいろわかっている人が来るので、私としても助かります。

ハピネスは免疫力を上げる

加島　八十歳過ぎになったら病というものはあったとしても、あまり気にしないというのが賢明かもしれませんね。がんなんかに罹っても気にしないで、あまり治療もやらない、放っとくというか。

帯津　放っとくというのは多少問題もありますが、やり方が少し変わってきますね。

この間も、元柔道の選手でしっかりした体つきの八十二歳の男の方が大腸がんの手術をして、再発しないようにと私のところにお見えになりました。この患者さんは「ロースカツが好きなんだ。ロースカツなら毎日でもいいんだけど、家内が見張っていて食べさせてくれない。非常にストレスだ」と言うのです。奥さんが玄米菜食をしていて、そんなものは食べさせてくれないそうです。

そこで私が「十日に一度、ロースカツを食べたらどうですか」と言ったら、嬉しそうな顔をしましてね（笑）。ところがそれですぐに図に乗って、「アルコールはどうでしょうか」と言うのです。「今まではどうしていたのですか」と聞いたら、「四リットル瓶の焼酎を二週間で空けていました」と言う。結構、飲んでいるのですよ。「それはお続けになったらどうですか」と言ったらね、やおらスクッと立ち上がって、私に最敬礼しましたよ（笑）。

アルコールは楽しみだし、副交感神経が優位になりますから、リラックスして温まるでしょう。免疫力が上がるのですよね。だから私は、酒が好きな人にはいつも勧めるのです、「飲んだほうがいいですよ」と。傍で奥さんが怖い顔して見ていましたけど（笑）。

加島　そこが柔軟性なのですよ。フレキシビリティが実に大切ですね。人によって違うのだから。これが良い悪いなんて、きっぱり線を引かないというのが面白いところですね。

帯津　そういう喜びを感じただけでも、免疫力が上がります。「飲んでいいの？」「飲んでいいですよ」と会話するだけで（笑）。

加島　医師のAさんに教えられたんですが、免疫力を高めることがハッピーになる大きな要因だ、ハピネスと免疫力には、えらく深い関係があるのだと知り始めたのです。

帯津　本当、そうですよね。

加島　免疫というものがハピネスと関係がある以上、精神と関係があるわけかな。そこらあたりも非常に面白い世界が見えてきたなあ。免疫なんて今まで夢にも知らなかった世界だけれど、いろいろな人から話を聞いて——遺伝的に免疫力の高い人と低い人がいるのかなということも思ったのですよ。

遺伝は、誰もみんな一律のものなのですか？

帯津　やはり遺伝的な体質は関係あります。一人一人違います。

加島　そうすると非常に運命的というか、生まれつき免疫性の高い人と、そうじゃない人とがあって、かなり差が出てくるのですか。

帯津　ただ、そのプログラムどおりにいかないということが一方にあるわけですね。心の持ち方とかライフスタイルで、プログラムが変わってくる。

加島　そこを捉えてなんとかわれわれ自身で是正できるんですか。そこが精神的なヒーラーと医家とが共同して開発していく部分じゃないですか。

帯津　そうですね。これからはそういう時代になってくると思います。

エナジーは免疫の司令塔

帯津　目標を持つというのもまた免疫力が上がります。

加島　だからエナジーとも関係してくるのかな。人は自分が興味のあることをしている時、とてもスムーズにエナジーが出てきて、疲れもごく少ない。興味がないことを無理してやる時は、エナジーがうまく出なくて、すぐ疲れる。

僕はそれが人並以上に著しい人間でね。嫌な仕事はまったく長続きしない。興味を持ってやっていると、エナジーが自然に出てくる。人からは無理して苦労しながらやってるように見えても、楽なんです。興味を持つということとエナジーの出方とは、非常に密接に関係しているようですね。

エナジーと免疫の問題とも関係してくる?

帯津　確か多田富雄さんが書いていたと思うのですが、免疫の働きというのは一つの目的に向かって、リンパ球とかマクロファージとかが、自己組織化して動いてくれる。それに対する司令塔として、遺伝子だとか場の影響がある。だからやはり自然治癒とかでは、エナジーが免疫の司令塔になっているわけです。エナジーによって、免疫の働きがスムーズにいくということが当然あると思うのです。

加島　目的をもってすることが同時に自分にとって面白いことだと、いいエナジーが出る。でも逆の場合、つまりいやいやだと、免疫力はスムースに出てこない。そうなんでしょう？

今の世では、学校から会社まで、興味のないことをやらせるようにできている感じがありますよね。東大の人なんかは頭がいいから、興味のないことでも頭で応じられる人が集まっちゃう。頭というのはわりあいと、自分の興味のないものを、ちゃんとこなしてしまうところがある。出世とか地位を目的にしていくと、生きた興味は薄れてくるでしょう。

帯津　そうなのですね。東大病院というのは、今の若い人は非常に能力があると思っているけれど、昔は臨床的には医者としてあまり能力がなかったのです。

にもかかわらず東大がいちばん余計なことを言いたがる。「あなたはこのままだと三カ月の命です。手術をすれば二年です」などと、すぐ予言をするのですね。手術をすれば二年と言われたって、要するに二年しか生きられないの、とみんながっかりしちゃいますよ。そんな先のことは誰にもわからないものなのです。それを平気で言うのですね。私のところへ来た患者さんが、「前の主治医にこんなことを言われて腹が立ってしょうがない」と怒るので、「どこの病院ですか」と聞くと、「東大病院です」というのがよくありました。良くない傾向です。

加島　個々の人間のライフに、人間的興味や同情を持たないからじゃないですか。

帯津　そうかもしれませんね。とにかく良いことじゃない。そういう未来を予測するなんて普通はできないし、するべきじゃない。

加島　僕の友達にも、似たようなことを医者に言われて、それよりはるかに長く生きている人がいますよ。

帯津　ああいうことは、たいてい当たらないですよ(笑)。

加島　八卦見《はっけみ》程度に軽く受け取めればいいのだけれど、東大病院の医者なんかに言われると、なかなかそうはいかないからね。

多田富雄（一九三四〜）　免疫学者。著書に『生命の意味論』『脳の中の能舞台』など。

V　命のエネルギーは衰えない

お月さまが一つに見える

加島　伊那谷にもうまい蕎麦屋ができてね。あなたは蕎麦が好きだから、いつかご案内しましょう。そうそう、この間、白内障の手術を受けました。

帯津　そうですか、その後のご様子はいかがですか。

加島　いや、よく見える。もう自分の目ではないみたいだね。

帯津　目が悪くなったから手術した。そうしたらなんか自分の目じゃない感じ――。ふと思ったのですが、白内障の手術と、加島さんのあるがままに生きる――この関係はどうなんでしょうか。

加島　これは大変な弱点を突かれたなあ。

僕もね、目を手術する前に、結構見えてるんだから、このままでいいじゃないかと思った。それがタオ的な態度です。そのタオイズムの主義に反するわけですよ（笑）。でも画作するからね、もうちょっとはっきり見えるようになるならとも思ったんです。

それにそれまでのライフで僕は胃を切りました。前立腺の手術もした。両方ともとても

帯津　いい結果で、何の患いもありません。そういう経験があるので、目もやってもらった。とてもよく見えるようになった。西洋医学というのは、まあがんを取り除くということも含めてですが、ものの悪い所を切除する点ではすごく高いところへきてますね。

加島　そうですね。ほんとにすごい進歩です。西洋医学の場合は、体の故障した部分をちょっと治しておくのにはいいんですよ。目もそうだろうと思うんですよ。ちょっと故障したから、自動車の部品の故障を直すみたいに……。

帯津　だから僕は素直に喜んでます。だって月がね、いつも二重に見えていたのが、一つに見えるということだけでもすごいよね。

加島　それは気持ちいいですね。

帯津　僕は西洋医学のそういう高い技術レベルに到っていることについては高く評価してるんです。帯津さんだって肚の中ではそういう部分をよく知ってるでしょう。

加島　ええ、西洋医学もいい点がたくさんありますからね。

帯津　帯津さんは、技術としての医術と、人間の内側のエナジーを見るやり方とを合体させて、全体としての人間の存在に目を向けている。それは素晴らしい飛躍であり、バランスですね。

帯津　両者を統合していきたいのです。

加島　僕は西洋の文学をずっとやってきた人間でしたが、どこか自分の中に充足しないものがあって、東洋の文学、思想のほうへ入ってきて、今やっと同じようなバランスを自分の中に見てるわけなんですよ。

帯津　そういえば、加島さんの『荘子ヒア・ナウ』（PARCO出版）をいただきました。よかったですね。

加島　あれも面白いでしょ。

帯津　面白いですね。加島さんの『荘子ヒア・ナウ』をいただく前に、たまたま私はユーモアについての原稿を書かされまして、林語堂《りんごどう》のユーモアに関する本を読んでいたのです。そうしたら、林語堂は荘子が一番のユーモリストだって言ってますね。

加島　僕も「あとがき」でちょっと書いたんですが、林語堂のあの説を読んでほんとびっくりしたんですよ。老子は静かなユーモリストで、荘子は爆発的なユーモリストだって、そんなすごいことを言ってるの。

帯津　そうそう、そう書いてありましたね。

加島　あれを読むと、今まで日本で老子と荘子を研究してきた人たちは、原文から何を読み取っていたんだろうと思ったな。老子と荘子をユーモリストだと言った学者はいなかった。とても四角四面に捉えちゃった。あなたがよく言ってるように、部分だけを捉えて全体というものを見ていないという姿ですよね。全体を見れば、二人は生命主義者でユーモリストで、個々人を喜びのほうに導こうとしているんですものね。日本じゃ「老荘」と言うと、人生を陰気にネガティブにとる方向に引っ張り込むけど（笑）。

帯津　隠遁してるという感じですね。

加島　林語堂の英訳本を見て、今度はまったく新しいものが見えたわけです。僕も帯津さんも、既成の技術や学問をなんだかおかしいぞ、おかしいぞと思っていた。すると見えなかった「空《くう》」が見えてきた。今までのマテリアリスティック（物質的）なものの見方を超えたエナジーを見つけ始めたというところがね。

帯津　私の場合、それは何かエピソード的にじゃなくて、だんだんそう確信するようになっていったのですが、そのポイントは、やはり西洋医学が体に偏《かたよ》っていて、心とか命のほうにあまり目を向けてないというところが壁を作ってきたと思うんですよね。そこをやっぱり補わないといけない。心や命に目を向けることも一緒にやっていかないといけない。

それで中国医学をまず取り入れたんです。ホリスティック医学というのは、もちろん心や命を取り入れるけど、体を無視していいっていうんじゃないから、この全体をやっぱりつかまなければいけない。がんのような病気は、体だけの病気ではなくて、心や命が深く関係してますよね。それが起こる場合も、それから治る場合も。

だからそこに思いをやらないと、西洋医学だけで、体だけで解決しようとしてると、コマ不足というか、足りなさが出てくると思うんです。それをやっぱり少しでも補っていかないといけない。まあそういうつもりで東洋医学のほうへ入って、ホリスティック医学のほうへ来たわけです。

林語堂（一八九五～一九七六）中国の作家・言語学者・思想家。『北京好日』など風刺とユーモアに富んだ作品を発表。『当代漢英詞典』を編纂したことでも知られる。

老年期の喜びを何に見出すか

加島　さっきの目の話のついでに言うと、八十歳になって耳も半分以上聞こえなくなり、補聴器を手放せないのです。

帯津　補聴器をつけると、ずいぶん違いますか。

加島　違う。これがあると、相手の話がかなり聞こえる。これはドイツだかスウェーデン製ですけどね、なかなかなもんです。そういう点でも西洋医学というものが、われわれの目や耳や口や前立腺やら、年齢が重なって生じるいろんな障害をずいぶん取り除いてきたなあ。

帯津　そうですよね。二十世紀のたった百年間での西洋医学の進歩には、本当に舌を巻くくらいです。

加島　それはすごいことだと思いますよ。

帯津　そうすると加島さんは、近代医学の恩恵を見事にいただいてきてるわけですね。

加島　そう言えます。昔は目、耳、魔羅とか言って、たいてい目、耳、しまいに性器が衰えるなんて言ってましたよね。

帯津　歯、目、魔羅ですね。

加島　そうか、歯、目、魔羅か。それに耳を加えると、歯、目、耳、魔羅の順かな。僕は五十代にこうやって入れ歯で助かってるし、目も今度は助かったし、耳も補聴器で助かっている。みんな西洋医術に助けられていますね。魔羅のほうは、まだもし用いる機会があれば、という状態にどうやら保ってるんですよ。

帯津　すごい。そういう自信がある？

加島　そういうね、機会があればまだ大丈夫だという実感があるわけ。

帯津　それはすごいですよ。

加島　とにかく元来、魔羅は一番最後まで保《も》つもののようですね。手術なんかしなくても、心の状態をいきいきとしていれば保つんですよ。

帯津　やはり心と絡むわけですね。

加島　そこが一番面白いところですね。心が愛や情緒でいきいきとしていれば、どうやら活力が保てる、僕は八十代はまだ大丈夫かなという気がするね。

帯津　それはグッドニュースですね（笑）。勇気が湧いてきますよ。

加島　グッドニュースだけど、僕は自分の体から実感しただけのことです。誰にも可能かどうかわからない。でも可能だと思うなあ。

とにかく、目がよく見えたり、入れ歯でよく嚙めたり、耳もどうやら聞こえるようになったり、前立腺も治ったりというふうに老年期を補強してもらっても、その後にさて補強されたその体を使って何に喜びを見出すか、どんなライフを生きればいいか。このほうが大切な問題ですよ。

アンチエイジングよりもエイジング

加島　でもね、たとえそういう肉体感覚の喜びが終わっても、アウェアネス、今生きているという自覚が心に据われれば、もっと大きな喜びが取って代わるかもね。セックスがあるから女性を愛するという状況から、もうちょっと高い愛というか、もうちょっといい愛を持つようになれる。

帯津　そういうものですか。なんか楽しくなってきました。

加島　女性に内在する柔らかさ、優しさ、それからいきいきとした生気とか、そういうものを摂取しようとするだけで、女性は十分に愛する対象になるよ。女性への自分の過去の固定観念から抜けて……。

帯津　抜けるのですね。

加島　うん。そうすると女性というのはまた美しいぜ。男の下心を捨てたら、ほんとに女性の美しさが見えるよ。

帯津　いやあ、楽しみですね（笑）。

加島　帯津さんでさえもね——さえもって言うのは、あなたほど社会的に恵まれた人でさえも、ということですが、やっぱりね、やがてそういう喜びを、時にはお持ちになるといいと思います。社会的な制約なんてものを抜けてというか、時々は外したっていい。

帯津　なんかわかりますよ。

今、アンチエイジングという動きが盛んなのです。若い人が中心になってやってるんですが、私もそういう会に誘われてましてね。アンチエイジングというのは、老化現象に逆らっていつまでも若く、ということなのでしょうが、老子の言うように、あるがままに生きる、歳をとる時は歳をとるという考えのほうがいいような気がするんですよ。

「アンチ」と名のつくものは、アンチバイオティクス（抗生物質）とかアンチヒスタミン（抗ヒスタミン剤）とか、またアンチクロックワイズ（反時計回り）とか、どこか自然の流れに逆らうところがあります。

だいたい、老化現象というのはそんなに悪いことでしょうかね。確かに体や細胞にだけ目を向ければ、人間は最盛期を境に年齢とともに衰えていきます。だけど目に見えない命のエネルギーというものは、年齢とともに高まっていくものではないでしょうかね。つまり「死ぬ日が最高！」なので、それから死後の世界に飛び込んでいくのです。

だからエイジングというのは決して悪いことではなく、むしろ歓迎すべきことだと思うのですよ。タオの流れに身をまかせながら内なる命のエネルギーを高めていく。これこそ輝けるエイジングだと考えるべきですよ。

加島　大いに賛成です。アンチエイジングのアンチは西洋的発想ですね。老荘思想も後になると、回春術なんて方向にいくんですけど、元来は、おっしゃるとおりです。水の流れのように自然に従っていき、やがて大きな海に到る——海との合体です。ナチュラルな命は衰えない。樹齢二百年経た桜でも、その花びらは、とても若々しいですよ。

帯津　そうですね。心のときめきがそうですね。心のときめきは内なる命の場の小爆発ですよ。西洋的発想から見ればアンチエイジングの効力を持つ。老荘思想で見れば、エイジングの高まりということになりますからね。つまらない小細工などやめて、限りなく恋をし続けるということですね。

加島　世間体や体面を取り去って自分の本性に戻ると、女性だって、八十はどうかわからないけど、七十過ぎまでは十分にセックスを持てると思います。

帯津　そうですね——女性をいくつになっても愛せると、ほんとにいいですよね。

加島　アンチエイジング運動の人は、人間の中のナチュラルな、人間の中から自然に湧いてくる愛情を見放してるんじゃないのかな？

帯津　確かにアンチエイジングということを言いながらそういう仕事に携わっている人を見てると、どうも目に見える体のところだけですね。

加島　西洋の医術でもって目がよく見えるようになる。同じように手術で心をクリアにし、心に新鮮な愛情を湧かせたりする――これは西洋医術の手術ではまだ無理ですか（笑）。

帯津　そんな手術があったら、僕も受けたい（笑）。心の周りのぼやけた網膜かなんかをピッと取るものがあったら。

加島　やはりここから先は精神のヒーリングなんでしょうね。

帯津　がんの患者さんと話していると、不安だと言う方が多いのです。

先行きの不安。でも私だって不安なんで、もう不安というのは、生きてる限りつきものですからね。だからあなたも不安だけど私も不安だし、もうこれはある程度耐えていくしかないんだということをよく話すんですよ。

加島さんぐらいの境地になると、あまり不安はないですか。

加島　いや、不安はありますよ――特にがんにはね。

でも七十歳になった時に、これからがんになっても切らないですむと思ったの。もちろん勝手な思い込みですけどね。この歳になるとがんも進行が遅くなるというから、少しずつ進行するがんと一緒にゆく。切ったりなんかしないですむなと思って、気持ちが楽になりましたよ。

帯津　歳をとってゆくと、受け容れる能力が大きくなるんです。

加島　それは楽しみですね、歳をとっていくことの。

帯津　そう。それは自分の中のものを燃やすだけで十分、ということなんですね。

加島　そうですね。やはり老化というのは、命のエネルギーが高まっていくことなのでしょう。

帯津　それはとてもいいポイントだと思う。老年こそ命の若さにタッチする時なんだということです。

加島　これはみんなに言わなくちゃいけない（笑）。

僕の実感としてそうでしたね。

それからもう一つは、あなたがよく書いたりしてるように、われわれはエナジーによって、こういうふうにここまで来ている。そのエナジーは未来永劫続いていくのであって、僕たち自身は変わっても、僕たちを作ったエナジーはずっと続いていく。それを生命とすれば、どう変化しようと生命エナジーは続くんだ——これはタオでもいいし、あなたの言う生命エナジーでもいい——それが日常生活の奥にあって流れている。そう心の中に感じていれば、どこか安堵感を感じ始めるんじゃないかな。

帯津　もう命の流れにまかせる。

加島　まかせるというか、しょうがないんだから（笑）。まかせようがまかせないでおこうが、とにかくすでにその流れに乗っているんだからね。

居場所がなくなる不安

帯津　「場」の研究で世界的に知られている清水博先生は、不安というのは、居場所がなくなることだって言うんですよね。

考えてみると、がん患者さんには不安がつきものなんですね。手術がすんで、再発予防のための手立てを講ずるべく私のところにやって来る患者さんは、ほとんど例外なく、異口同音に、再発の不安を訴えます。

再発の不安というのは、その先にある死の不安なんですよ。

たとえば胆石症の手術がすんだ患者さんは決して再発の不安を訴えませんよ。胆石症で胆嚢を摘出してしまった患者さんだって、また総胆管に石ができることはあります。けれども再発の不安を訴える人なんていません。死の不安が皆無だからです。
一方、がんの場合は死の不安につながっていく。それはつまり、この世に居場所がなくなる不安ですよね。

加島　それは心の優しい発想だなあ。

帯津　だから今、加島さんが言われたように、命はつながってるということがわかれば、不安は減るんだっていうことを清水さんは言ってるんですよ。それも本当かなあと思いましたけどね。

加島　そう、自分の居場所をアウェアするというか、それを自覚するようになって、少し楽になった。自分がいくら小さかろうが、天地の間にとにかく存在して、大きな流れにあるということだ。それは次の世界でもまたどこかに必ずあるんだという、そういう連関性の中で自分がつながっているんだという考えです。

帯津　いじめが言われてるでしょう。いじめっていうのは、居場所を奪うんだっていうんですよ。だからやりきれないって、その清水さんが言うんですよ。

加島　あなたが小学校の時、いじめなんてあった？

帯津　ありましたよ。ありましたけど、そんないつまでも続かないですね。

加島　僕は全然覚えがないなあ。僕らの小学校の時は。

帯津　ガキ大将がいて、何かのきっかけで「あいつとつき合うな」って言うでしょ。みんなしょうがないから、つき合うと殴られるから、つき合わない。ところがそういう状態がせいぜい一週間ですよ。そんな長く続かない。だからさっぱりしていたですよね。

加島　だからあなたや僕は、いじめられた子のほんとうの恐怖感がわからないかもなあ。

小学校っていうのは、家庭から出て初めての人間関係なんでしょう。そこで自分の居場所を否定されるということですよね。それで不登校児になる。家に帰って命を取り戻せる子はいいけれど、家には昼間は母がいなかったり、母に無視されたりしたら、その子の恐怖と絶望は本能的生命力さえ破壊しかねない。大人になっても、わが国では、年に三万人かの自殺者があるのは、大人にも同じようなことが起きるからでしょう。社会の中で自分の居場所がなくなることへの恐怖――。

でもね、老子はこんなことを言っている――自分はたかの知れた存在だけど、社会だってたかの知れた社会なんだ。自分はもっと大きなものの乳を吸っている、と知ればいいんだ――。子どもには、この大きなものの代わりに母がいるわけで、そういう母親にさえつながらない子の不安と恐怖がどれほど大きなものか、僕らにはわからない。

内なる自由な生命エナジーをつかむ

帯津　今年あたりから、いわゆる団塊の世代がちょうど還暦を迎える年になって、どっと会社から世の中に出てきます。それで彼らは定年になった後の人生のテーマ探しというか、どう生きようかということでいろいろ苦労しているようですね。私の現場でもその一端を垣間見ます。

加島　次のテーマなんかもう無数にあるんじゃないですか。

帯津　それがなかなか見つけられないで苦労している。

加島　そうかなあ。社会での拘束から出たら、自分の中の潜在能力がどんどん出てくる時なんだがなあ。社会的な人格としての自分だけしか考えていない時には見つからないですよね。社会の外へ出るのが怖いから。だからそういう人たちは、実際にはもう社会的なフレームがなくなっているのに、社会の人間関係ばかり考えるメンタリティのせいで、フレームがなくならないでしょうね。

帯津　メンタリティの上でフレームがなくなっていない……。

加島　一歩踏み出せば、心の自由を獲得できる。

自分が自由だと気がついたら、喜びが湧きますよ。だから、なんでその人たちは社会的なメンタルフレームから抜けられないのか、よくわからない。一番ポイントになるのは、仲間はずれにされる恐怖感を少年期に植え込まれることかな。そのせいで六十歳になっても、そういう社会的フレームから出られなくなる。団塊の世代の人たちは、だからここで自分の枠を外し、内側の自由な生命エナジーをつかむことだろうな。

帯津　自由を取り戻すといっても、私なんかいろんなことをやってるものだから、なかなかできないですよ。

加島　確かに社会的な責任や人間関係は強力なんです。とくに頼られている時にはね。

帯津　いや、ほんとにね、頼まれると、嫌と言えないでやるでしょう。この間もね、調和道協会という呼吸法の会の会長をもう十何年もやってきたので、そろそろ降りさせてくれって、副会長に何かを書いた手紙の最後にちょこっと書いたんですよ。そしたら大問題になって、そんなことを言わないでくれって怒られました。またそのまま続けることになってしまった。

加島　帯津さん、いいんですよ、それはもう少しお続けなさいよ。そうしてなおかつ自分のもう一つの活力も何とか残すようにしとくの。

帯津　忙しい思いの中で、もう一つの自分の活力をこんこんと温めるにはどうすればいいんでしょうかね。

加島　普通に言えば愛することですよ。一人の女性を愛することと、自然を愛することでしょう。それも、その気持ちだけでいい。持てなくても今に持つぞという気持ちがあるだけでもいいんだ（笑）。

帯津　それはほんとにいいですね。楽しみにしてますよ。今に持つと（笑）。

加島　それはそういう気持ちをお持ちだと、いつか相手が出てきますよ。

帯津　なるほど。持ち続けましょう、それじゃ。

加島　「いつかきっと」というその気持ちを持ち続けないと、実際にも出てこない。心を自由にして生きていると、そういう女性が出てくるんです。だからそこが面白いところだと思うの——求めないほうが出てくるのかもなあ。

帯津　心がけて。

加島　それがいつになるかわからないけど。

帯津　どこかに、心の隅に置いておけばいいのですね。

加島　しかし、帯津さんの立場から言えば、今言ったような僕と帯津さんの会話なんかを本にしたら、困るんじゃないかと思うよ。

帯津　いや、そんなことはない（笑）。そんなことないですよ。あいつもあんな気持ちを持っているのか、それじゃあと近づいてくる女性が現れるかもしれない（笑）。

加島　もう一つは、自然とつき合うこと。自然は自己解放にとっても役立つことだと思うんですよ。

帯津　なんか楽しみになってきましたよ。これからが。

加島　でもね、自分でそういうつもりでここへ、伊那谷に来たんですけども、結構欲というものは捨てられないですね。

帯津　そうですか。

加島　なんかやっぱり人間の欲ってすごいもんですよ。自律神経というのは副交感神経と……。

帯津　交感神経。

加島　そう、副交感神経の生命欲はいいんですけど、交感神経のほうの欲がねえ……。

帯津　そうですね。片方だけっていうことはないんですよね。

加島　ないですよ。

人間の欲を捨てろなんていう修行は嘘だと思う。率直に言って捨てられっこないですよ。ただね、自分の欲がどんなふうに働いているかということを自覚すれば、その欲をちょっとコントロールする途《みち》が見つかりますよ。だから、僕はそれだけでいいと思うの。無理に座禅なんかして両方の欲を止めようとしても、絶対なくなりゃしませんよ。

ダライ・ラマの風格

帯津　十日ぐらい前に、私、ダライ・ラマさんに会う機会があったんです。真言宗がダライ・ラマを呼んだのです。真言宗のお坊さん三百人ぐらいが新高輪プリンスに、ちゃんとした袈裟を身につけて来てましたね。それからわれわれみたいに、なんとなく伝《つて》があって呼ばれた人とで、全部で七百人ぐらいが集まって講演を聞いたんです。その後で、半分ぐらいの人で、食事会となりました。

私はね、正直言うと、ダライ・ラマにそれほど興味は持っていなかったんです。なぜかと言うと、ダライ・ラマは「輪廻転生」でしょう。生まれ変わってきた人ですよ。だけど私は輪廻転生というのはないと思ってましたから。要するに大いなる命の流れにしたがって回っているんだから、もう一回地球上に来るなんていうのは、これは燃料が足りないというか、エネルギー不足の人が戻ってくる、まあ、追試験のようなものだろうと思っていました。ですからあまり関心を持っていなかったのです。

で、出て、話を聞いて、二時間ぐらい、まあ通訳を入れてですから、正味は一時間ですね、講演を聴きました。これも特別奇抜な考えでもありませんし、こんなものなのかなあと思っていたのです。そしたら食事会の時に、縁があって、彼と握手する羽目になっちゃったのです。握手して、もう顔がすぐこのへんにあるわけですよ。そしたらね、やっぱりこれはただ者じゃないなあと思いましたね。何というか、風格がありますね。顔つやもいいし、笑い顔もいいし、それから手が何とも言えない感触ですよね。やっぱり一廉《ひとかど》の人なんだなあと思ったのですけど。じゃあなぜ一廉なんだってね。考えたけどわからなかった。そしたらね、上田紀行さんという学者が来ていたんですよ。

加島　何学者ですか。

帯津　文化人類学。

私は彼と昔から仲が良くて、年は若いのですけど。その時は彼とそこで話をする暇はなかったんですけど、実は後日広島に行く時に、偶然その上田さんと新幹線で車両が一緒だったんです。それでちょっと三十分ぐらい一杯飲みながら話した。そこで、「ダライ・ラマさんは、なぜノーベル平和賞なんだ」って、彼に聞いたんですよ。そしたら上田さんの解釈は、やっぱり自分のこの命を日々高めて、それを人に伝えていく——世の中にそういうふうな生き方をする人を増やしていったことに対してもらったんじゃないかと言うんです。

それで何となくわかったんですね。なるほどそうかと。それがあの人の風格なんだと思いました。だからお会いしてよかったと思いました。最初は、まあしょうがないな、義理で行かなくちゃと思って行ったんですけどね。そういうなんとも言えないエネルギーを持った人ですね、確かに。

加島　大変面白い話だなあ。

僕もダライ・ラマさんの本を幾冊か、英語で読みました。

いちばん目についたのはコンパッション（compassion）という一語でした。「慈悲」に当たる英語でしょうね。でも「慈悲」というと「仏の慈悲」のように、ブッダからくるもの、向こうのものという感じがする。コンパッションは「共に感じる愛」とか、「互いの愛」とかいう、身近な感じなんです。ダライ・ラマさんがこれを言う時も、そういう親しさが伝わったんでしょう。

それとinterdependance（相互依存）の一語でしたね。すべての存在は互いに無関係じゃないから、この真実からいって、互いに愛し合う――相手を生かそうとすることだ、という説き方で、これだけで仏教の要点がわかったような気がしますね。

帯津 なるほど、そうかもしれませんね。

加島 日本で仏典のいろんなものを勉強してる人がいても、それをヨーロッパの人にわかりやすく、しかも対話で語れるかというとね、それをできる人はごく少ないでしょう。ダライ・ラマさんは世界を相手に語れる仏教界トップの人だなと感じましたね。そういえば帯津さんが板橋興宗さんと話した本（『〈呼吸〉という生きかた』春秋社）は大変面白かった。板橋さんと話したのと、鎌田茂雄さんと話したのを読みました（『気の鍛錬――人生は日常にあり』春秋社）。

帯津 私も楽しかったですね、あのお二人は。

加島 あれは大変よくかみ合ってたね。

帯津 板橋さんがまだ鶴見にいらっしゃる時で、ものすごい応接間でした。

加島　あの人はそういうところにいても、ああいう話ができるフレキシブルな人ですよ。

帯津　ええ。今は福井のほうに引っ込んじゃいましたけどね。

加島　僕は板橋さんから手紙をもらってね、老子を読んだらまるでこれは仏教で言っていることとそっくりだって言うんですよ。こんなに老子と禅宗がくっついているものだとは初めて知ったなんて言って。だいぶ面白がっていたようでした。

ダライ・ラマ十四世（一九三五〜）　チベット全宗教の最高指導者。チベット亡命政府の指導者でもある。一九八九年ノーベル平和賞受賞。

上田紀行（一九五八〜）　文化人類学者。東京工業大学助教授。著書に『がんばれ仏教！　お寺ルネサンス時代』『「生きる力」としての仏教』など。

鎌田茂雄（一九二七〜二〇〇一）　仏教学者。東京大学教授、愛知学院大学教授、国際仏教学大学院大学教授などを歴任。『中国仏教史』など著書多数。僧名は慧忍。

VI 静けさに帰る

朝型人間と夜型人間

帯津 庭の木、切られたんですね。

加島 切りました。ずいぶん大きくなったんでね。

帯津 またこれもいいですね。夏と違って。

加島 足が寒くない？

帯津 大丈夫です。私はわりあいに寒いのは平気なんです。

加島 ああ、冷え性じゃないんだ。ということは、体の中を気の流れがよく回ってるということですね。

帯津 そうですね。

加島 むしろあなたの場合は、気をつけないと、回りすぎることがあるでしょう。

帯津 そうかもしれません（笑）。

加島 あなたは低血圧症じゃなくて。

帯津 高血圧です、高血圧。

加島　朝、じゃあパッと起きるほうですか。

帯津　朝はパッと起きます。今朝も四時半に起きて、四時半からお風呂入るのもどうかと思って、五時まで待ってお風呂に入ったのです。

加島　五時じゃまだ暗いでしょ。

帯津　暗いですね。

加島　明るくなるのは六時半頃から。

帯津　そう、六時半頃でしたね。

加島　僕も目覚めのいいほうで、目を覚ました途端に本も読めるくらいです。人によっては、朝起きて二時間か三時間ぐらい頭がしっかりしないような人がいますよね。なかなか血圧が正常にならなくて。

帯津　低血圧の人は朝どうしても起きぬけがよくない。元気が出ないですね。

加島　それは本態性なんですか。

帯津　そうですね。体質といっていいと思うんです。

加島　そうすると世界中の人がみんなそういう二つの体質があるんですか。

帯津　それはそうだと思います。共通していると思いますけど。

加島　僕はこういうことを思ったんです。朝パッと目が覚める僕やあなたのようなタイプは、小学校の時にね、朝早くに学校に行ってもいいと思うのね。しかし、寝起きの悪い体質の子は午前の勉強には向かない。だから午前クラスと午後クラスに分けて、午前クラスは朝だけでお終《しま》いにして、あとは遊ばせちゃう。午後クラスは午前中はうろうろさせといて、午後授業するようにしたら、ずいぶん効果が上がるんじゃないかと思った。

帯津　そうですね（笑）。ただそうすると政党みたいになるんじゃないですか。自民党と民主党みたいに（笑）。

加島　政治家も二つに分けるのは素敵なアイデアですね。僕がなぜそういうことに気がついたかと言うと、夜働く女性たちとか、あるいは夜働く人はたいてい低血圧でね、朝が好きな人とは明らかに分かれてるんですよ。

帯津　分かれてますね。だいたい新聞社だとかテレビの関係っていうのは、夜は平気ですものね。私は苦手ですからね、よくテレビの収録なんかで十二時頃までやらされてると、もうイヤになっちゃうんですよね（笑）。

加島　面白いことに僕の長男は、朝パッと起きて仕事をする。次男はグズグズしている。考えてみたら、体質の違いなんですよね。

帯津　そうですね。

加島　一つの家でさえも、息子が二人いたら体質に違いがある。そうするとどこの国の家にもみんなそれがあると思うな。

帯津　医者もね、特に外科医は、朝早く起きる人じゃないとダメだっていうのが私の持論なのです。なぜかと言うと、手術がたとえば九時から始まる。そのためには八時半頃にはもう手術室に入らなければならない。その前に、自分の患者さんを今日は大丈夫だろうかとか一回りして見ておかないといけない。そうすると病院にはやっぱり七時半ぐらいまでには入らないといけないですよ。だからそういうことができないと、外科医には向いてないと思うんですけど。中にはぎりぎりに飛び込んでくるのがいっぱいいます。そういうのはダメかというと、ダメでもないんですけどね（笑）。

加島　だから、その時そこで一つ問題になるのは、朝は起きるのが苦手な人でも、訓練によって、そういう体質を変えられるかどうかということ。

帯津　そうですね。変えられるというか……。

加島　変えられないんじゃない？

帯津　適応できるんだけど、そう変わらないでしょうね。

加島　また元へ戻るよね。

帯津　いずれ戻るでしょうね。

加島　だから夫婦だってね、朝型同士だったらいいが、別々だとギクシャクする。最初から相手はどっちのタイプかをよく了解した上で一緒になると、ずいぶん違うものだと思うな。

帯津　そうですね（笑）。

加島　それを了解しないでやってるからね。

帯津　初めはよくわからないまま結婚しますから（笑）。すべてがわからないままで。

加島　だから亭主が女房のことを朝寝坊だ、なんだかんだってぐずぐず言ったってしょうがない。どっちが怠惰だとかいう問題じゃないでしょう。

帯津　いくら夫婦といっても、真にわかり合うということは大変なことですよ。

加島　だから一つの文明、あるいは一つの社会が、朝起き社会だったらね、そこでは朝寝坊は悪い、ダメな人間だというような差別が生じてくる。だけどそれはもう体質なんだと了解したら、差別しないでいける。人間は理解し合えたらね、どんなに調和し合えることか。互いの理解が人間関係のエッセンスなんでしょうね。

帯津　そうですすね。学校なんかみんな一律ですからね。かわいそうな場合もあるでしょうね。

加島　学校ではわりあいとあなたや僕みたいに早く起きるタイプが学校の成績が良くて、朝起きがダメなタイプはどうしても悪いというふうなことが生じるんじゃないかという気がするけどね。

帯津　ええ、そういう傾向があるかもしれませんね（笑）。

加島　もっとも僕は早起きの子でしたが、小学校の成績はまるでダメでしたね。

帯津　でも学者になったんだから、素質があったんですよ。

加島　あなたは試験が得意だというのを読んで、びっくりしてね。

帯津　そんなこと書いたかな（笑）。

加島　ああ、こういう人も世の中にいるんだなと思った。

帯津　いや、試験が得意じゃなくて、好きなんですね。問題が配られてきて、何が書いてあるかなってワクワクしましてね。

加島　すぐわかっちゃうんだ。

帯津　いや、そうでもないですけどね（笑）。

加島　僕は問題が配られてくると、もう目がくらんじゃってね。普段知ってることでも答えられなくなっちゃうの。だから僕は自動車免許の試験だって通らないと思いますよ。

帯津　自動車は私も免許を持っていないからわからないけど、私もダメでしょうね。どうもあ
あいうのは苦手なんです。
加島　子どもの頃から秀才だったの？
帯津　子どもの頃は普通でしたよ。勉強しないでしょうがないなんて親に怒られたことはない
けど、とりわけ勉強したわけでもない。
加島　歳を食ってくると、少年期からの秀才と、僕みたいな非秀才とがね、こうやって楽しく
話ができるというのは大変面白いことですね。
僕は中野孝次としゃべった時にも感じましたね。彼も秀才で、何でも勉強してよくわか
ったという、そういうコースをたどってきた人なんです。晩年になってお互いに理解しあ
ってたけれど、それまで僕は、彼を秀才型と思って敬遠していたんですよ（笑）。

「旅情」を育てるのが「養生」

帯津　小島信夫さんはご存じですか。
加島　小島信夫さんは、僕はちょっと存じあげていたという程度です。

帯津　英文学ですよね、あの人も、元は。

加島　ええ、東大の英文学でしょうね――確かじゃないけど。

帯津　私はあの人に高校時代に英語を教わったんです。

今思い出しても、とてもいい講義でしたね。小島さんは、ただ自分で読んで訳していくだけなんですよ、サマセット・モームの『コスモポリタンズ』です。それで私はサマセット・モームが好きになった。彼が読んで訳す。生徒に当てたりしないわけです。だから授業中は、ただ聞いてればいいんですよね。だけどね、全然飽きないし、みんな静かに聞いてました。いい先生でした。

ただ教育者としては、生徒個人など眼中にない。私が帯津という名前だなんて知らなかったと思うんですね。淡々と訳していくだけで、それが何ともいえない味があったんですね。忘れられない先生ですから、『文藝春秋』から「忘れ得ぬ恩師」というテーマが来た時に、すぐ小島信夫さんのことを書いたんです。

サマセット・モームの『コスモポリタンズ』には、故郷を捨てて異郷に生きる人の物語が短編としていくつも出てくる。小島さんについての原稿を書くにあたって、それを読み返したんですよ。そうしたらやっぱり「旅情」というのにものすごく惹かれました。人生の本質は「旅情」じゃないかと思ったんですね。だから「養生」というのもここらあたりにカギがあるかなあ。「旅情」の中をこうしっとりと生きていくというか……。たとえば医療なんかでも、お互いに「旅情」を持った人が絡み合っていくわけですから。

加島　医療で？

帯津　医療でも。

加島　「旅情」を持った人が絡み合っている？

帯津　ええ。前にもちょっと話題になりましたけど、医療の場合、どこか具合が悪いと医療者側はその部分を、機械を直すようにして治すわけでしょう。それで間に合うものはいいんですけど、そうでなくてももっと深い所にある変化というものをしっかりと捉えていかなきゃいけないと思うんですよね。だからその人を壊れた機械と見て画一的にやるんじゃなくて、それぞれが「旅情」を持った人間として向かい合いたいと思うのです。患者さんそれぞれが個性的な「旅情」を持ってるし、こちらも「旅情」を持っているわけだから、そこに想いをやって一緒にその「旅情」を共有したり、分かち合ったりしていくのが本来じゃないかなと思ったんですよね。だから医療と養生というのは、いずれにしても裏表で、養生というのもその「旅情」を大事に育てていくことかなあと思ったんです。

加島　加島さんは、モームはお読みでしたか。

帯津　モームはかなり読みました。

加島　昔はただ少し面白がった程度でしたが、こっちへ来てから、買っておいた英語の短編集がたくさんあったので読み始めたら面白くてね、短編はほとんど全部読んだ。

帯津　そうですね。短編の名手というか、そういう感じがしますね。

加島　長いものも面白いけど、短編のほうが面白い。

帯津　いいですね、ほんとに。

加島　とくにアジアの南の島々で、いろんな出来事に対するヨーロッパ人の心理を書いた短編は、どれもうまいですね。

帯津　うまいですよね。身につまされるというか、そういう感じがありますね。

加島　一つその中で覚えてるのは、たぶんあなたも知ってるかなあ。イギリスに帰る船の中で、植民地のプランテーションで長いこと暮らして、ある程度のものを築いて帰国しようとしているイギリス人の話です。

その人がしゃっくりを起こし始めるんですね。僕は自分がしゃっくり持ちだからその話をよく覚えているんだけど、それが非常に健康な人で、スコットランドへ行ってまた農園をやるんだなんて言ってた人なのに、しゃっくりが止まらなくなっちゃう。その次の日も次の日も、もうだんだんひどくなっちゃってね。船員がいくら手当てをしてもダメで、死にかけるんですよ。モームがいったいどういうことでそうなったのかって、現地から付き添ってきた人に聞くんです。

そうすると実はね、向こうにいた時に同棲していた現地人の女性の呪いがかかっているのだって言うんです。その呪いを解かないかぎり、彼のしゃっくりは治らない。ところが呪いを解くには、その女のところへ行かなければならないと。そうして、とうとう船中で亡くなっちゃうんですよ。まあそういう話なんだけど、僕は医療というものを超えた何かの力がある（笑）ということを感じてね。そこのところはモームはもちろん謎にしてありますが、あの話は非常に印象深かったなあ。

帯津 そうですか。私は読んでなかったですね、それは。

加島 何という題の話だったかちょっと忘れましたが。

帯津 私は、みんなそれぞれ好きですけど、『幸福者』というのがあるんです。それはイギリスの開業医が、毎日毎日患者さんを診て暮らしていることに、つくづくイヤになるわけです。このまま人生を終わるんじゃ悲しい……。

加島　で、スペインのほうに行くんでしたね。

帯津　ええ、スペインに行く。さすがですね。

加島　ああ、あの話ね。

帯津　それでモームのとこへ相談に来るわけです。モームがその地域で唯一のスペインを経験した人だっていうので。スペインに行って開業して食っていけるかどうかというようなことをね。そしたらモームに、あんまりお金のことを期待したらダメですよと。そうでなければいいんじゃないかと言われて、結局スペインに行くわけです。それから十五年ぐらいして、モームがスペイン旅行中に、セビラという町で具合が悪くなっちゃった。

加島　そうそう。

帯津　誰かイギリスの医者はいないか。あそこにいますよっていうので行ったら、どうも流行《はや》っていそうもないクリニックで、出て来たのが、もう身だしなみなんかもいい加減でね、モームはあの時の医者だとはまったく気がつかない。医者のほうはモームだってすぐわかるんですけど、モームはまったく忘れてるわけです。

ただモームがその医者を表現する言葉がいいんですね。

頭が禿げてだらしない格好をして、一見流行っていない医者みたいだけど、酒の良し悪しがわかるような顔をした男だと、ほめてるわけですよ（笑）。これが納得。それで「お気づきになりましたか」って言われて、「いや」って言うと、「いや、あの時お世話になった医者です」と。そこでモームが、「奥さんも一緒でしたね」と聞く。「いや、家内はここの土地に馴染めなくて、イギリスへ帰りました」「じゃあご不自由でしょう」「そうでもないんです」。そこへスペインのものすごい美人が現れる。それでモームが、「ああ、わかった」と。これが幸せだということなんだけど（笑）。

で、身につまされるというのは、「朝から晩まで患者さんを診てるクリニックの医者がどんなものか、おわかりでしょう」ってモームに言うんですよね。これはものすごく身につまされた。それはね、私自身のことじゃない。私は患者さんを診ながら、いろいろあるけれど、別に嫌な思いはしてません。それはホリスティックなことや、いろんなことをやってるからですけどね。そうじゃなくて、よく看板が出てる何とか医院とか、何とかクリニックをやってる先生は、このモームの話に出てきた人と同じだろうなといつも思ってるんですよ。こんな味気ない一日を過ごしてるんじゃないかって。まあ、ああいうふうにならないで良かったと思うんですけどね。

加島　帯津さんが身につまされたのは、酒のわかる顔になったなという部分なのか、いい女が出てきた部分なのか（笑）。

帯津　両方いいですね（笑）。

加島　なるほど。帯津さんは特別そうだろうな。僕もあの短編を読んで面白かったけど、特別あなたほどには感じなかった（笑）。

帯津　小島信夫先生とは個人的には全然つき合いってないんです、九十いくつまでなって、つい最近、亡くなられたでしょう。

加島　あっ、亡くなられた？

帯津　亡くなられたんですよ。『文藝春秋』に書いて、ひょっとして小島先生が読んでくれないかなと思っていたのです。そしたらもうその時は脳梗塞で倒れていたんですね。

加島　そうですか。僕もちょっと個人的に存じあげてたんですよ。二、三度話したことがありました。あの人は非常にバランスのとれたような感じがしましたね。

帯津　その小島さんが、十七、八の子どもにちゃんと人生の旅情というのを植えつけてくれたというか、あるいはかきたててくれたというか……。そこが小島さんのことを私たちが恩師だと思ってるところじゃないかな……。受験に役立つようなことは一言も言わないんだから（笑）。

加島　僕も教壇に立ったことがあるけど、同じことを繰り返す自分が嫌でね。だから自分が面白いというワクワクした気持ちでしゃべれる状況だけを作ってましたね。どう教えるかなんていう方法論はなかった。

帯津　加島さんは大学ですよね。相手は大学生だから、ちょっと違いますね。

加島　大学生といったって、まだ子どもですからね。
　ただ僕は自分が面白くないとね、人に話す場合でも、話してる自分が退屈するということが嫌だった。英語の教科書を読んでるうちに一つの単語から面白い連想が浮かんだら、その連想に従っていろいろしゃべることが多かった。だから何をしゃべったかとか、何をしたかということは、あまり記憶にないのです。

小島信夫（一九一五〜二〇〇六）　小説家。五四年『アメリカン・スクール』で芥川賞受賞。一時期、都立小石川高校で英語教師をつとめていた。主な作品に『抱擁家族』『別れる理由』など。

サマセット・モーム（一八七四〜一九六五）　英国の小説家、劇作家。南太平洋、東南アジア、スペイン、メキシコなどを訪れ、それぞれの土地を題材にした小説を多く書いた。代表作に『月と六ペンス』『人間の絆』など。

なぜこんな山の中に来るの？

帯津　加島さんは『荘子』をお訳しになりましたが、これからしばらくは荘子をやられるんですか。

加島　いやあ、わかりません。東洋思想の学者じゃないですからね。ただ、僕は荘子の面白さを人に伝えたかった。というのも、日本はユーモアや笑いを高く評価しないところがある。喜びとか笑いとかという部分を学問の中に入れないし、それを思想から汲み出そうとしない。これはもう孔子流の堅苦しさがまだ底流にあって、哲学者がユーモアや喜劇を評価しようものなら、もうその哲学者は非常に安っぽい哲学者だっていう先入観があるくらいですよね。

帯津　この前、あるパーティで、アメリカから来た日系人なんですが、挨拶に立ってね、「アメリカだと、こういう時は、だいたいユーモアをしゃべるんです。日本だとみんな謝ってる」って言うんですよ（笑）。いいこと言う。どうも日本人は「申し訳ない」とかね、すぐそういうことを言うって。

加島　そこはもう若い世代に期待するしかないと思うの。明治以後の日本はまだ百何十年しか経っていないわけだけど、いまだに孔子的メンタリティの枠から抜けていないんですよ。でもね、私の孫娘なんか見ていると、ようやくそういうところから抜ける世代が出て来るのかなというような気がしてますね。

帯津　今の青年はそうですね。私もそう思います。大学生の子たちとつきあっていると、特に予備校生なんかは、医学部を受ける人たちなんですけれど、いい青年が多いですね。のびのびしている。私たちの受験時代よりもすごくのびのびしています。だから、日本の将来はそういう若者がいるから大丈夫だっていうのは、私の楽観論なんですよ。

加島　そうですね。ある意味で言ったら、こんなにいい時代はない。大きなもののほうに目を向けりゃ、この国はすごくゆっくりといいほうへ流れているんじゃないかなという気がしますよ。

帯津　そうだと思います。

加島　それからちょっとお聞きしようと思ったんだが、帯津さんはいろんな要求のある世界にいて猛烈に忙しい身でいながら、こんな山の中によくお出ででしたね。なぜ来るのか、僕に興味を持ったとは思えない。そこがよくわかんないんだな（笑）。

帯津　それは加島さんのものを読んだっていうこともありますけど、やっぱり養生ということを考える時に、どうしても加島さんの生き方は、一つの模範になると思うんですよね。どういうことかと言いますと、昔の養生は、あくまでも体が対象ですから、体を労《いたわ》って、病を未然に防ぎ、天寿を全《まっと》うするといった、どちらかと言えば消極的で守りの養生でした。しかし、これからの養生は違います。その対象は体でなく、命です。命は場のエネルギーですから、労るものではありません。日々高めていくものでしょう。現在地に安住することなく、日々、新たに勝ち取っていくという、より積極的で、いわば攻めの養生です。

ですから、死ぬ日に最高潮に達する。そしてその勢いでもって死後の世界に突入していくわけです。天寿を全うして、死をもって終わりとする昔の養生とは大違いなのです。けれども、ただ日々勝ち取っていくだけでは疲れてしまいます。疲れてしまっていては、死後の世界に突入するというクライマックスを迎える時に、へなへなになってしまうかもしれません。だからここは、どうしても、命の、加島さん流に言えば、タオの流れに身をまかせ、あるがままに生きていく――その流れの中で日々向上していくという、加島さんの生き方が模範になると思うんです。

加島　ふうーん。

帯津　だんだん私も、あるがままに生きるというのが非常に大事なんじゃないかと思うようになりました。そうすると加島さんの日常というのが、これからの養生について考える上で非常に示唆するところが大きい――そういうふうに思っていたのです。前回お会いした時の話でも十分かと思ったのですけど、今回また核心にふれるようなことがいくつか出てきた。そういう意味でまた来てほんとによかったですね。

加島　そうかなあ……。

医療が介入しすぎる

帯津　だいたい、今の医療を見てみると、介入しすぎるのですよ。

それは介入すべき時はしたほうがいいでしょう。でも初めに介入ありき、というところが良くないですねえ。患者さんがのびのびと自然治癒力を発揮していくのをサポートするのが医療ではないでしょうか。介入はその後ですよ。

がん治療の現場なども、それは介入だらけです。

介入は余計なお節介です。医者も看護師も余計なお節介を重ねて、患者さんをがんじがらめの状態にしてしまいます。これでは自然治癒力なんて立ち上がってきません。医者も看護師も、まず白衣を捨て、患者さんと友達のようにつき合ったらいいのですよ。最近のメタボリック・シンドロームなんていうのも、行政の大いなるお節介だと思いますね。痩せた人、小太りの人、大太りの人、いろいろあっていいじゃないですか。人生は個性的なものですよ。

加島　なるほど。

帯津　先日の産経新聞の「正論」という欄に拓殖大学学長の渡辺利夫さんという方が、たんなる老化現象を生活習慣病などといって威《おど》しをかけることはないではないかという意味のことを書いていましたが、同感です。

ちょっと誤解のないように言っておくと、私が所属している日本ホリスティック医学協会が、生活習慣病予防士の認定制度をすすめています。ありがたいことにこれが実に人気があるんですよ。

ただ正直なところ、私自身は基本のところで少し違和感を持っています。老化現象にしても生活習慣病にしても、その知識を教養の一つとして持つのは良いことですよ。ただそれはあくまでもその人自身の裁量で行なうべきであって、得た知識を他人さまに押しつけるとなると、余計なお節介、介入になってしまうと思うのです。

老化現象も私たちの人生の一部です。当然、ホリスティック医学の対象です。だから協会が生活習慣病予防士を養成していくことは至極もっともな話で、何の問題もありません。しかし、ただ日本ホリスティック医学協会が手を染める以上、生活習慣病も生老病死をつらぬく生き方の問題として捉えていってもらいたいのですよ。これからは医療も養生も、タオの流れに従って、あるがままに生きることを中心に捉えなければいけないんじゃないか、と。だから私はこうして伊那谷にやって来るのですよ。

「比較」と「競争」から自由になる

加島　この間、あなたの来る前の日に散歩に行ったんですよ。ずっとかなり遠くまで歩いてた時に、あなたはなぜお出でになるのかなあと、疑問が起こってね。こんな所へと思ったりしたんですよ。その時にふとね、あなたは僕の中にネイチャーを見つけに来るんじゃないかと思ったの。帯津さんは僕の知性じゃなくて、何かワイルドなものを見に来たのかなあと、ふと思ったんですよ。

帯津　はい、それもありますね、確かにね。

加島　人間あるがままでありたいという時に、ネイチャーから学ぶ部分は多分にあるんです。都会中心の社会の中では、自分のあるがままというのを学ぶには、あまり機会がない。なぜかと言うと社会の中ではいつも競争でしょう、それから比較でしょう。「競争」と「比較」というのが人間の中にある限り、あるがままでいられないわけですよね。

帯津　そうですね。

加島　いくら自分があるがままでいようと思っても、比較が見えちゃったり、遅れるとか遅れまいとかいうことが、どうしても意識から消せないわけですよ。

帯津　競争の原理が入ってきちゃう。

加島　ねえ。

帯津　でもそれはもう超越なさっている。

加島　いや、僕もまだもちろんそれを持ってますよ。しかし、ネイチャーは、比較とか競争とかを要求してこないんですよ。要求してこない世界だから、ネイチャーの中にいる限りは、それがあるがままという在り方と通じるような気持ちもする。

帯津　そうですね。気功もそうなんですよね。

加島　気功もね。

帯津　気功も競争の原理がなくて、あるがままにできるのです。特に太極拳なんかは、なんとなく命の流れに従って動いてるような気になるんですね。

とは言っても、太極拳も実はそう簡単にいかないところもあるんです。太極拳にはどうしても競争の原理が入ってしまう。人の性《さが》と言えばそれまでなんでしょうが、美しく舞おうとするんですね。美しく舞ったってどうにもならないのに、そこがわからないのです。それに輪をかけて、段位制なるものが存在する。柔道や剣道の初段とか二段とかのあれですね。段位制なんて、気功とはまったく関係ありません。これほど無用の長物《ちょうぶつ》はありません。

私の大好きな楊名時先生のところにも、この段位制があるんです。私は楊名時先生が大好きなので、その段位制も憎いと思ったことはなくて、私の道場では楊先生がじきじきに昇段審査をしてくださいました。初段から楊先生が審査をしてくださるところなんて、ほかにはありません。だから私はこの伝統を頑《かたく》なに守ってきました。

気功は自己の実現の道です。自我の確立には競争の原理が大いにものを言いますが、自己実現にはまったく競争の原理は要りません。相手は虚空ですから。だから私は、楊名時先生がいらっしゃらなくなった今、この無用の長物からそろそろ離れたいと思っているところなんです。

加島　うーん、だからね、僕は自彊術《じきょうじゅつ》をやってますけど、太極拳などは、社会の中にいながら自分の内側のあるがままを取り出そうとするわけでしょう。

帯津　そうですね。

加島　それが社会の中で自分というものを取り戻す非常に少ない方法の一つだね。

自彊術　一九一六年、手技療法師・中井房五郎が創案した健康体操術。三十一の動作からなる体操は関節をほぐし、骨格を矯正し、血液の循環を良くするとされ、後藤新平、大隈重信などの支持を得て全国的に普及した。

インテグレーションの時代

帯津　実は、今、ダーウィンを読んでいるんです。チャールズ・ダーウィン。あれはやっぱりすごい人ですね。彼はもうほんとに自然に対する知識欲というか、カブトムシを追いかけて、最後はミミズになるのですが、あのすごさ。ビーグル号で五年間世界を回ったところを今読んでいるところですが、あの好奇心というか――好奇心じゃないな、やっぱり本質的なものに迫ろうとする気持ちなんでしょうけどね――あれはすごいですね。

加島 なるほどね。もちろん自然自身は競争心も持ってやってるかもしれないし、あるいは僕らにはわからないけど、自然の中にも区別があるのかもわからないよ。アリよりもクモのほうがエライとか、よくわかんないけどさ（笑）。

帯津 お互いにそれがわかってる（笑）。

加島 食うと食われるのがありますからね。ダーウィンはそこをちゃんと見て、それでプログレス（進化）というものをその中から見つけた。ネイチャーの中にいればそういう上下区別やら競争がない、と僕が言った意味は、人間社会におけるような上下区別と競争がないという意味であって、自然の中にもそれはありますよ。

帯津 またそれなりのね。

加島 だけど自然は、それなりのハーモニーを持って競争してるんですよ。競争とともに共存の働きもしている。人間の中の競争と区別は一方的すぎる――そこが違うと思うんです。

だからそこに、僕は自然から学ぶものがあるなと思う。あなたと板橋さんの話の中で、板橋さんが鶴見の総持寺に木を植える時に、植物生態学の宮脇昭氏は競争する木を植えたほうがいいんだと言ったというのを読んだんだけど。

帯津　ああ、そんなことがありましたね。

加島　僕は宮脇さんという人を知っている。横浜国大で一緒だった人ですからね。だから彼の努力もよくわかってるし、彼がそういうふうに言うのも、なるほどわかるんだ。

だけど自然の中の木は競争して伸びていっても、同時に土の中の根は、共生している。隣の木が根を伸ばしてきても、それを邪魔しないんですよ。お互いに根を伸ばしていってね、相互共存してる。だからあんなにそばに立ってても、栄養不足じゃなくなるんです。

林は特別高いやつはいなくて、だいたいが同じような高さですね――みんなこれでいいやっていうところでやっている。競争も区別もあるけども、それなりに共存の部分とバランスよくやっている。

僕ら人間だって、本来はそういうものだったんじゃないかな。だけど男性主権社会になって、男中心の社会が作られた時に、区別と競争が強大になった。

帯津　自我を確立していくというのは競争でしょうからね。

加島　ええ、それなりにね。

帯津　だからそれを超えて、やっぱり競争のない、あるがままという時代がその後に来るんだろうと思うんですね。

加島　そのとおり。僕はあなたのものを読んだ時に、インテグラル（統合性）という言葉でそれを言ってることに大変共鳴しました。そういう競争と区別の後の時代が、二十一世紀からぼつぼつ始まってきたような気がしますね。

帯津　少しずつ始まりました。

加島　人間だって、心と体との間のインテグレーションというものに対する気づきが起こっているということを、帯津さんは一番最初に言ってる――それがホリスティックという体験だとね。

帯津　そうですね。心と体と命の統合、これがホリスティックな生き方の基本ですね。私たちは生まれた時は、これらの統合体だったのでしょう。それが自我を確立しようとする執着の中でだんだん分かれていって、分離した状態になってしまったのではないでしょうか。
　相手を、患者さんなら患者さんを、体、心、命の統合体として診る。そのためにはこちら側が、つまり医療者自身が自分の体、心、命を統合できなければダメだと思うんです。

自分がバラバラで、相手を統合体として診るなんてできませんからね。

加島　それはやっぱり、すごく新しい。東洋じゃ前から全体として診るという観点を持っていた——そこに西洋との間のインテグレーションが起こっている。それから国だって、国境をだんだんだんだんに減らしていくようになってますね。ユーロなんていうのは、そういう理想の表れですよね。こんなにインターネットが発達してどこの個人にも通じるようになっちゃったんじゃ、もう国境は大して意味がなくなる。だからそういう意味でいったら、もう区別する時代ではなくなったところに来ている。

それからここまで科学技術が発達してくると、目に見える物質と目に見えない物質との区別ができなくなっているわけですね。これも一つのインテグレーションですよね。

あと宗教的な問題なんだけどね。トインビーは戦後すぐの頃、もう六十年前ですけど、宗教も二十一世紀にはインテグレーションが起こってくるだろう、いろいろな宗教は合一していくだろうと言った。イスラムというあそこまで孤立した世界が、もうかなりオープンになってきてますよね。いい悪いにかかわらず。

帯津　動きとしては、どれも同じ動きなんですよね。まだエンジンがかかったばかりですけど、でも期待はできますよね。その流れは明らかなんです。

加島　あなたは「統合」と「総合」というのは、区別してるの？

帯津　区別してます。

加島　どういうふうに？

帯津　「総合」は、要するにあれもこれも集める。集めて束ねる。「統合」は、それを一回解体して、新しい体系を生み出す。ですから「統合」のほうをメインに考えてます。新しい体系ができる、現体系を乗り越えてという、そこがやっぱり大事だと思うんです。

加島　それにはいっぺん解体しなきゃダメだね。

帯津　そうなんです。一回解体して、そこから融合へ向かわないとダメ。人間、なかなか解体できない。だいたい人間は自分の過去を捨てたくないのですよね。だから西洋医学の人は西洋医学を捨てればいいんですよ。東洋医学は東洋医学を捨てる。ところがね、誰も捨てない（笑）。だから難しいんですよ。

加島　そう、そこのところがね。だから僕もあなたも自分の専門を捨てないけれど、ある意味で言ったら、それに隙間や空間を与えたと言っていいかもしれない。

チャールズ・ダーウィン（一八〇九～一八八二）　英国の自然科学者。英国海軍の測量船ビーグル号に乗って五年間にわたり世界を一周し、帰国後、『種の起源』を発表して進化論を唱えた。
アーノルド・トインビー（一八八九〜一九七五）　英国の歴史学者。従来の西欧中心の歴史観ではなく、イスラムや仏教、さらには日本文明にも着目したことで知られる。著書に『歴史の研究』『歴史の教訓』『試練に立つ文明』など。
宮脇昭（一九二八〜）　生態学者。国際生態学センター長、横浜国大名誉教授。その土地本来の植生を重視した混植・密着型植樹を提唱している。著書に『日本植生誌』『いのちを守るドングリの森』など。

ホームカミング――大きな世界へ帰る

帯津　「旅情」のところに戻りますが、私は、悲しくて寂しいというのは、生きてることの本質的なところだろうと思っていたのです。それがさっきの「旅情」を持った人ということになると、これは旅人だから悲しくて寂しいわけですよ。でも、そう言う場合、これは悲しさ寂しさもあるけれど、それだけじゃないですね。やっぱりしみじみとした、もっとポジティブな気持ちもそこに入ってくる。孤独感に解放感、喜びにときめき。
加島　そうそう。それと「旅情」の向こうにあるものは何かっていうと、「ホームカミング」

なんだよ。

帯津　「ホームカミング」。

加島　「ホームカミング」。どこか大きな世界に帰るというね。

帯津　ああ、そうですね。いいですね。私たちは虚空に帰るんですものね。

加島　ええ、あなたがさっき、多くの人の死顔は安らいでいると言ったように、そこに帰るのは、大きな母のもとに戻るような気持ちかもしれない。

帯津　そう言われるとわかりますね（笑）。

加島　僕も散々あちこちうろうろした人間でね、女性たちとめぐり会い、国々を渡り歩いてね。それが伊那谷に来て、やっぱりああ、ようやく自分の「旅情」が、ここで「ホームカミング」の世界に向かってるなあという気がしてるんですよ。

帯津　いいですね。そして互いに相手の「旅情」を敬って生きる。

加島　そうですね。相手も一人で虚空に旅立つ人ですものね。僕はそういう大きなものを自然の中に見たわけです。

帯津　タオですね、やっぱり。

加島　そういう意味で僕は寂しい道を歩きながら、ホームというものへ、さらに言えば、母親という言い方でもいいんですけどね。マザーランドに……。

帯津　帰ると。

加島　ええ。老子の言葉に

「水の行く先は――海

草木の行く先は――大地

いずれも静かなところだ」

とあります。

「すべてのものは大いなる流れに従って

定めのところに帰る」

と続くのですが、これが「ホームカミング」でしょうね。

帯津　ああ、いいですねえ……。

加島　人は、人生で喜んだり悲しんだり悩んだりいろいろ活動するのですが、やがてそれも終え、そのエナジーは、あなたもおっしゃっているように、虚空に帰る。命というのは、静かなところへ帰ることを知っている。だけど、社会でのいろんな習慣やら要求に駆り立てられたまま死を迎えるとなるとね、死が恐ろしいものになってしまう。老子の言う静かなところというのは、憩いの場所なんですね。命はそれを直観的に知っているから、一人で旅をした時なんか、その想いを感じる。それがあなたが言う「旅情」だと思うなあ。

帯津　「旅情」と「ホームカミング」がそこでクロスしますね。

加島　そうですね、中国にはそういう考えがずっとあったのですね。袁枚《えんばい》の言葉に「逝く人を帰る人とするならば、生きている人は行く人といえよう」（逝者為帰人即存人為行人）とあります。行人は旅人のことでしょう。

帯津　人はそうしてみな、大いなるところへ帰るのですね。

袁枚（一七一六〜九七）　清朝乾隆期の詩人・作家。号は簡斎、また随園先生。地方の県令（知事）を転々と務めた後、四十歳で官職を辞し、南京郊外の小倉山に随園を築いて隠棲し著述に没頭した。感情のありのままの発露を肯定し、禁欲主義を毛嫌いした。著書に『髄園詩話』『髄園食単』など。

加島祥造全訳創造詩『老子』第十六章「静けさに帰る」

虚《うつろ》とは

受け容れる能力を言うんだ
目に見えない大いなる流れを
受け容れるには
虚で、
静かな心でいることだ。

静かで空虚な心には、
いままで映らなかったイメージが見えてくる。
萬物は
生まれ、育ち、活動するが
すべては元の根に帰ってゆく。

それは静けさにもどることだ。
水の行く先は――海
草木の行く先は――大地

いずれも静かなところだ。
すべてのものは大いなる流れに従って
定めのところに帰る。
(そして、おお、再び甦《よみがえ》るのを待つ。)

それを知ることが智慧であり
知らずに騒ぐことが悩みの種をつくる。
いずれはあの静けさに帰り
甦るのを待つのだと知ったら
心だって広くなるじゃないか。
心が広くなれば
悠々とした態度になるじゃないか。

そうなれば、時には
空を仰いで、

天と話す気になるじゃないか。
天と地をめぐって動く命の流れを
静かに受け容れてごらん、
自分の身の上でくよくよするなんて
ちょっと馬鹿らしくなるよ。

美しさは命の表れ

加島　それともう一つ聞きたいのは、命の中に意識はあるのかということね。

帯津　それはあるでしょう。

加島　もしも命の中に意識があると言ったら、その「生きようという意識」のほかに美の意識もあるわけですかね。花があんなに美しく美しく咲く。それは生命に美の意識があるからではないか。美しさは、喜びですよね。そうしたら喜びは命の表れだとすれば、美しさもそうだと――。

帯津　命が溢れ出るから美しいのです。太極拳でもそうですよ。見ていて、ああ、いいなあと思える太極拳は形が美しいのではなく、命が高まって溢れ出るから美しいのですよ。

加島　なるほど。美は生命力の最上の発現ですね。

帯津　意識があるんでしょうね、やっぱり。

加島　人間、花や女性を美しいと感じるのもそこに命が発現しているからでしょう。美はネイチャーから離れないものでしょうね。人工の美というのは、美としてよりも飾りというのかな。イラストレーションの効果なんだ。自然の美はそうじゃなくてストレートな命の表れですね。

帯津　そうですね。その違いがありますね。

加島　それこそあるがままで美しいんだから驚くなあ。

帯津　そうですよね。あの赤さだってすごいですよね。

加島　あれはドウダンツツジですね。

あなたの本を読んで、「人生は愁《かな》しみだ」とありましたけれど、それは社会での生存競争から来るのでしょう。そこから抜け出すと、命の喜びや美しさが見えるようになると思うなあ……。

ライフエナジーというのは、生きてるものを何とか生かそうと励ます。動植物すべてが、その生かそうとする力に従って生きてゆく。憂いや死への恐れで生きてはいない。人間も動物ですからね。本来は喜んでライフエナジーの働くままに生きていけるはずです。でも所有と競争の社会にいると、時には欲や恐怖にとらわれる。だけど、個人としての僕たちは、いつでも、このアンバランスを回復して、喜びのこころを起こせるんでしょうね。

帯津　人生は愁しさではなく喜び、ですか。

うーん、決定打ですね。そうですか……考えてみます。

加島　偉そうに言ったけど、まだ僕も不安や恐怖を持ってます――ただ少し方向をかえるところなんです。

あとがき

加島　祥造

『荘子』の中に、自分の影と足音が気になってならない男の話があります。

その男は四六時中自分の影がくっついてくるし、のべつ足音が聞こえるのが嫌で嫌でしょうがない。そこで男は、できるだけ速く走ればいいのだ、そうすれば影は追いつけず、足音も聞こえなくなるだろうと考えて、一生懸命走り始めます。

ところがいくら速く走っても影はついてくるし、足音はますます大きくなる。これはいかん、もっと速く走らなければと必死に走り続け、ついにバッタリ倒れて死んでしまった。

この話の最後に、荘子はこんなふうに言っています。男はちょっと木陰に入って休みさえすれば、影も消えるし、足音も聞こえなくなるのに、それを知らなかった。

荘子は、こう暗示するだけですから、これから先は私の考えなのですが、自分の影というのは「欲望」のことで、足音というのは「恐怖」のことだと思うのです。

私たちは四六時中欲望という影を引きずり、恐怖という足音におびえて走っている。木陰で休めばいいのに、そうすると人や世間から置いてきぼりにされる。そう思い込んで暮らしがちです。これには仕方がないところがあります。社会はそういうふうに作られていて、私たちもそうしなければ生きていけないと思い込まされているからです。

つまり私たちは社会的意識の中で右や左を見ながら、ずっと横のレベルで生きていて、天と地から受けている縦のエナジーというものに対する意識が足りない。

横の社会意識ばかり気にかけるのではなく、縦の実存に意識を伸ばしていく必要があるのではないか。老子は、天と地のエナジーを受ける自分と、人間関係のなかの自分とをともに大切にすることで、バランスのとれた人間になると言う。そういうバランスを今、私たちは回復できる時代に生きていると思うのです。

はじめ私は友人の医師の家で、帯津さんの本を見た。一読して著者の姿勢や視野の広さに感心し、さらに幾冊かの著書を読んだ。そして彼が、自分の到達した高い領域からさらに先へと、新しい世界を探る勇敢な心を持った人であることに深く共感した。しかしこの忙しい人と対談をすることなど、田舎暮らしの私には思いもよらなかった。

人生、到るところで会い逢う、これ偶然——と蘇東坡が言いました。

思いがけぬ人と出くわし、その縁が伸長してゆく——そういったことは、私の人生にも幾度かありましたが、帯津さんとの出会いや対話は、そのなかでも際だつものです。縁が急速に実を結んでこの対話となり、そして私の心に光を投げかけるものとなったのでした。

対話でおわかりのように私たち二人はまったく違った人生コースをとりました。互いに正反対の方向に進んだのです。しかしつねに何かを探り求める心根だけは共通していて、しまいになにか「大きな働き」のある領域を探り当てたようです。

対話では互いのその経験を元にして、意見を言い、疑問を質し合ったのですが、私としてはこれまで抱いてきた疑念のいくつかを解消できて、とても嬉しかった。私たちは率直に、時には馬鹿正直に見解を語りあい、それが面白くて回を重ねた。火花の散っては静まるという起伏に富むものとなった。それというのも、両者は大きな森に東と西から入り込んで、迷ったすえに木々のない広場でばったり出会ったというふうだったからでしょう。その広場は、共通の磁場であり、天と地のエネルギーが融けあった場でした。読者が、この対話から少しでも興味と人生へのサジェッションを汲んでくれればと願っています。

この対話の成り立ちについて少しふれておきます。

私の若い友人で囲碁ライターの秋山賢司氏は、漢詩文への興味でも私と通じあう人で、時おりこの山里に遊びに来ます。ある時、彼は旧友と一緒にやって来ました。風雲舎主人の山平松生氏で、私とは棋力が互角だからともなってきたと言います。その通りでふたりは熱中した対局の時を過ごしたのですが、雑談になって、山平氏は帯津良一氏とは長いつき合いだと言います。私も帯津氏の本はよく読んでいると言いました。それが四年前のことでした。それから次第に山平氏はこの「対話」への企画を抱きはじめ、とうとうここまで漕ぎつけました。

この「対話」を通して、読む人にまで何らかの波紋を起こす——そういう大きな縁が、初めは碁遊びから生じたことの不思議を感じたのでつけ加えました。なお、「対話」の整合に助力してくれた井上有紀氏に感謝します。

二〇〇七年九月　夏の終わりの伊那谷にて

加島　祥造（かじま・しょうぞう）

1923年東京・神田生まれ。早大英文科卒。『荒地』同人。米国クレアモント大学院留学。信州大学、横浜国大、青山短大で教鞭をとる。詩人、翻訳家、英文学者。フォークナーその他の英米文学の翻訳・研究から、『老子』のタオイズムに親しみ、自然と交流するタオイストとなる。伊那谷に居を転じ、詩作、著作のほか墨彩画を手がける。詩集に『晩晴』『放曠』。著書に、英語版からの自由な翻訳を試みた『タオ・ヒア・ナウ』（PARCO出版）『老子』全訳を収めた『タオ―老子』（筑摩書房）『肚―老子と私』（日本教文社）『いまを生きる』（岩波書店）『荘子ヒア・ナウ』（PARCO出版）『求めない』（小学館）ほか多数。

帯津　良一（おびつ・りょういち）

1936年埼玉県生まれ。東大医学部卒。東大病院第三外科医局長、都立駒込病院外科医長を経て、郷里川越市に帯津三敬病院を開設。日本ホリスティック医学協会会長、日本ホメオパシー医学会理事長、調和道協会会長などを兼務。毎朝の気功、全力投球の診察、夕刻の酒精で自らのいのちのエネルギーを高めながら、ホリスティック医学の普及に全国を行脚している。著書に『気功的人間になりませんか』『花粉症にはホメオパシーがいい』（共著）『いい場を創ろう』（風雲舎）『がんになったとき真っ先に読む本』（草思社）『健康問答』（五木寛之氏との共著）『まるごと健康』（春秋社）ほか多数。

静《しず》けさに帰《かえ》る

初刷　2007年11月15日

著者　加《か》島《じま》祥《しょう》造《ぞう》
　　　帯《おび》津《つ》良《りょう》一《いち》

発行人　山平松生

発行所　株式会社　風雲舎

〒162―0805　東京都新宿区矢来町122　矢来第二ビル
電話　〇三―三二六九―一五一五（代）
注文専用　〇一二〇―三六六―五一五
FAX　〇三―三二六九―一六〇六
振替　〇〇一六〇―一―七二七七六
URL　http://www.fuun-sha.co.jp/
E-mail　mail@fuun-sha.co.jp

印刷　真生印刷株式会社

製本　株式会社　難波製本

落丁・乱丁本はお取り替えいたします。（検印廃止）

ISBN978-4-938939-49-6